피에트라 강가에서
나는 울었네

NA MARGEM DO RIO PIEDRA EU SENTEI E CHOREI
by Paulo Coelho

Copyright ⓒ Paulo Coelho, 1994
Korean Translation Copyright ⓒ MUNHAKDONGNE Publishing Co., Ltd., 2003

This Korean edition is published by arrangement with
Sant Jordi Asociados, Barcelona, Spain(www.santjordi-asociados.com)
All Rights Reserved.
http://paulocoelhoblog.com

이 책의 한국어판 저작권은 스페인 Sant Jordi Asociados 에이전시를 통해
저자와 독점 계약한 (주)문학동네에 있습니다.
저작권법에 의해 한국 내에서 보호를 받는 저작물이므로
무단 전재 및 무단 복제를 금합니다.

이 도서의 국립중앙도서관 출판예정도서목록(CIP)은
서지정보유통지원시스템 홈페이지(http://seoji.nl.go.kr)와
국가자료종합목록 구축시스템(http://kolis-net.nl.go.kr)에서 이용하실 수 있습니다.
(CIP제어번호: CIP2004000164)

피에트라 강가에서 나는 울었네

파울로 코엘료 장편소설 · 이수은 옮김

문학동네

그들 공동체의 사랑 안에서 나에게
'신의 여성적 면모'를 볼 수 있도록 허락해준 I. C.와 S. B.에게.

처음부터 나의 동료였던 모니카 앤터스에게.
그녀의 사랑과 열정에 힘입어
불길은 세상 곳곳으로 퍼져나갔으니.

파울로 로코에게.
투쟁의 환희를 위해 우리는 함께 싸웠고
투쟁의 존엄을 위해 우리는 서로 싸웠다.

그리고 주역의 지혜로 가득 찬 구절을 잊지 않게 해준 매튜 로어에게.
"참는 자에게 복이 있나니."

지혜는 자기의 모든 자녀로 인하여 옳다 함을 얻느니라

「누가복음」 7장 35절

차 례

작가노트 11

피에트라 강가에서…… 17
1993년 12월 4일 토요일, 1993년 12월 5일 일요일,
1993년 12월 6일 월요일, 1993년 12월 7일 화요일,
1993년 12월 8일 수요일, 1993년 12월 9일 목요일,
1993년 12월 10일 금요일,

에필로그 277

역자 후기 285

작가노트

어느 섬을 방문한 한 스페인 선교사가 세 명의 아스텍 사제들과 마주쳤다.
"당신들은 어떻게 기도합니까?"
선교사가 물었다.
"우리는 오직 하나의 기도만 알고 있을 뿐입니다. 우린 이렇게 기도하지요. 신이시여, 당신은 셋이고 우리도 셋입니다. 그러니 우리를 불쌍히 여기소서."
아스텍 사제들 중 한 명이 대답했다.
선교사는 말했다.
"아름다운 기도입니다. 그러나 신께서 귀 기울이시는 바로 그 기도는 아닙니다. 제가 당신들께 훨씬 더 좋은 기도를 가르쳐드리지요."

 선교사는 그들에게 가톨릭의 기도문을 가르쳐주고, 복음 전도를 위한 항해를 계속했다. 수년 후, 그가 탄 배가 스페인으로 돌아오는 길에 다시 그 섬에 들렀다. 갑판 위에 서 있던 선교사는 해변에서 배를 향해 손을 흔드는 세 명의 아스텍 사제들을 보았다. 그들 세 사람은 물 위를 걸어 그를 향해 다가오기 시작했다.

 "신부님, 신부님!"

 배를 향해 가까이 걸어오던 세 사람 중 하나가 소리쳤다.

 "신께서 귀 기울이신다는 그 기도를 다시 가르쳐주십시오. 그게 어떻게 시작되는지 잊어버렸습니다."

 기적적인 장면을 목도한 선교사가 대답했다.

 "그게 뭐든 상관없습니다."

 그리고 선교사는 신에게 용서를 구했다. 신은 모든 언어를 두루 주관하신다는 사실을 깨닫지 못했던 잘못에 대해.

 이 일화는 내가 이 책에서 이야기하고자 하는 바를 담고 있다. 우리는 우리 자신이 진정한 경이에 둘러싸여 산다는 사실을 거의 의식하지 못한다. 기적은 우리 주변 어디에서나 일어나고 있다. 신이 보내는 신호는 우리에게 길을 보여주고, 천사들은 자신들의 목소리를 들으라고 간청한다. 그러나 우리는 그들에게 주의를 기울이지 않는다. 신에게 이르고자 한다면 일정한 형식과 규칙들을 따라야만 한다고 가르침 받아온 탓이다. 우리는 신이 도처에 편재한다는 사실을, 신은 우리가 그/그녀를 허락하는 곳이면 어디든 임한다는 사실을 깨닫지 못한다.*

전통적인 종교의식들은 중요하다. 그 의식들을 통해, 우리는 경배와 기도의 체험을 다른 이들과 공유할 수 있다. 그러나 영적 체험이 구체적인 사랑의 체험에 우선한다는 사실을 결코 잊어선 안 된다. 그리고 사랑에는 어떤 규칙도 없다는 것을. 대인관계를 다룬 책을 읽거나, 감정을 조절하고 행동을 위한 전략들을 개발하려 애쓸 수도 있지만, 그런 행동들은 부질없을 뿐이다. 결정은 우리 마음이 하는 것이며, 참으로 중요한 것은 이 마음의 결정이다.

누구에게나 이런 경험이 있을 것이다. 어느 순간, 눈물을 흘리며 우리는 말한다.

"난 지금 그럴 만한 가치도 없는 사랑 때문에 너무도 괴로워하고 있어."

받는 것보다 더 많이 주고 있다는 생각 때문에 고통스러운 건 아닌가. 우리가 만든 규칙이 받아들여지지 않아서 괴로운 건 아닌가. 본질적으로는 아무런 이유 없이 괴로워하고 있는 게 아닌가.

---

* 여기에서 '그/그녀'란 남성일 수도, 여성일 수도 있는 신을 말한다(옮긴이 주).

사랑에는 성장의 씨앗이 깃들여 있다. 더 많이 사랑할수록 우리는 영적 체험에 보다 가까워진다. 참으로 깨달은 자, 사랑으로 뜨겁게 데워진 영혼은 모든 편견을 넘어설 수 있다. 그들은 큰 소리로 노래하고, 웃고, 기도할 수 있다. 그들은 춤추고, 사도 바울이 "신성한 것에의 몰아(沒我)"라 일컬은 것들을 다른 이들과 나눌 수 있다. 그들은 기쁨으로 가득하다. 그들은 사랑으로 세계를 정복하며, 상실에 대한 그 어떤 두려움도 없기 때문이다. 진정한 사랑은 자신을 온전히 내주는 행위이다.

이 책은 자신을 내주는 행위의 중요성에 대해 이야기하고 있다. 작중인물인 필라와 그녀의 친구는, 우리가 우리의 반쪽을 찾아 나설 때 만나게 되는 수많은 갈등들을 상징한다. 늦든 빠르든 간에, 우리는 우리 내부의 두려움을 극복해야만 한다. 구체적 사랑의 경험을 통해서만, 우리는 영적인 길에 가 닿을 수 있기 때문이다.

수도사 토머스 머튼은 말했다.

"영적인 삶은 사랑이다. 사람들은 타인을 보호하거나 도와주거나 선행을 베풀기 위해 사랑하는 게 아니다. 우리가 누군가를 그렇게 대한다면, 그건 그를 단순한 대상으로만 여기고 자기 자신을 대단히 현명하고 관대한 사람이라고 착각하는 것이다. 사랑과는 전혀 무관하다. 사랑한다는 것은 타인과 일치하는 것이고, 상대방 속에서 신의 불꽃을 발견하는 일이다."

  어쩌면 피에트라 강가에 앉아 비탄에 잠겼던 필라가 우리를 그러한 일치의 길로 이끌지도 모르겠다.

파울로 코엘료

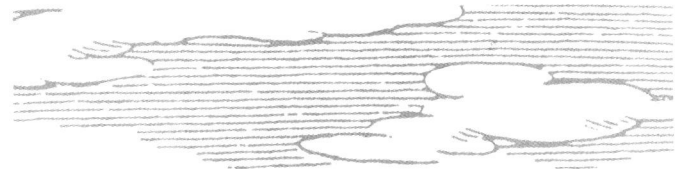

피에트라 강가에서……

……피에트라 강가에서 나는 울었다. 이 강물에 떨어진 것들, 나뭇잎이며 곤충, 새의 깃털들은 모두 돌로 변해서 강바닥에 가라앉는다고 전설은 말한다. 내 마음을 갈가리 찢을 수 있다면, 그래서 흐르는 강물에 내던질 수만 있다면…… 이 고통과 그리움은 끝나고, 마침내 그 모든 것을 잊을 수 있으련만.

피에트라 강가에서 나는 울었다. 겨울바람은 뺨 위를 흐르는 내 눈물을 얼렸고, 얼음처럼 강물 속으로 떨어진 눈물은 나를 두고 강물과 함께 흘러갔다. 눈물은 이 강이 다른 강과 만나는 곳, 그리고 그 강이 다시 또다른 강과 만나는 곳, 내 마음과 눈이 미치지 못하는 머나먼 곳, 마침내 바다와 만나는 곳까지 흘러가리라.

내 눈물은 너무 멀리 흘러가, 내 사랑은 어느 날 내가 그를 위해 울었음을 알지 못하리라. 내 눈물은 너무 멀리 흘러가, 그리하여 나는 강과 수도원, 피레네 산맥의 성당과 안개, 우리가 함께 걸었던 길들을 모두 잊게 되리라.

꿈속의 그 길들과 산, 그리고 평원들을 잊으리라. 내 것이었으나 내 것인 줄 몰랐던 꿈들을.

마법의 순간을 기억한다. '예' 혹은 '아니요'라는 한마디가 한 사람의 생을 영원히 바꿀 수 있는 그 순간을. 그 순간들은 이제 아득히 먼 옛일처럼 느껴지지만, 내가 사랑하던 이를 되찾아 그를 다시 잃은 것은 단지 일 주일에 지나지 않는 시간이었다.

나는 지금 피에트라 강가 둑에 앉아 이 글을 쓰고 있다. 손은 꽁꽁 얼었고, 다리엔 쥐가 났다. 매순간, 쓰기를 그만두고 싶은 충동을 느낀다.

그는 말했다.

"살기 위해 노력해야 해. 추억은 나이 든 자들의 몫이야."

어쩌면 사랑은 주어진 시간이 다하기도 전에 우릴 늙게 했는지도 모르겠다. 어쩌면 젊음이 이미 다했을 때 다시 젊게 하는 것인지도. 그러나 지금, 어떻게 내가 그 순간들을 떠올리지 않을 수 있을까? 그게 바로 지금 내가 이 글을 쓰고 있는 이유인 것을. 이 슬픔을 향수로, 고독을 추억으로 바꾸기 위해서. 내게 쉴 곳을 마련해주었던 여인이 말한 대로, 이 이야기를 끝내고 나면, 나는 이걸

저 피에트라 강에 던져버릴 수 있으리라. 물은 불로 씌어진 것들을 진정시킬 수 있다고 성인들이 말했으니.

모든 사랑 이야기는 닮아 있다.

우리는 어린 시절을 함께 보냈다. 그리고 그는 떠났다. 조그만 시골마을에 사는 많은 남자애들이 그랬던 것처럼. 그는 세상을 알고 싶다고 했다. 자신의 꿈이 소리아 땅 너머에 있다고 했다.

여러 해 동안, 그에게서는 소식이 들려오지 않았다. 그리고 언제부턴가 아주 가끔씩 편지를 보내오긴 했지만, 그게 전부였다. 그는 우리 유년의 숲과 산길을 거쳐 돌아오지 않았다.

고등학교를 졸업하고, 나는 사라고사로 이사했다. 거기에서 나는 그가 옳았음을 깨달았다. 소리아는 작은 마을이었다. 소리아의 유명한 시인이 노래한 것처럼, 길은 걸으면서 만드는 것이었다. 나는 대학에 들어갔고, 남자친구도 사귀었다. 공무원 시험을 준비했고, 학비를 마련하기 위해 판매사원으로도 일했다. 하지만 시험에는 낙방하고 남자친구와도 헤어졌다.

그즈음부터 어린 시절의 그 친구로부터 편지가 점점 더 자주 왔다. 그의 편지 봉투에 붙어 있는 낯선 지방의 우표들을 나는 부러워했다. 그가 선배처럼 느껴졌다. 뭐든지 알고 있는 듯했다. 그가 도처를 유랑하면서 자신의 날개가 돋아나도록 하는 동안, 나는 한 곳에 뿌리내리려 애를 쓰고 있었던 것이다.

날씨가 좋던 어느 날, 그에게서 온 편지는 신에 관한 이야기로 시작하고 있었다. 프랑스의 어느 지방에서 보내온 모든 편지들이 그랬다. 어떤 편지에선가는 신학교에 들어가고 싶다며, 자신의 삶을 기도에 바치고 싶은 소망을 내비쳤다. 나는 그에게 답장을 썼다. 조금만 더 기다려보라고, 그토록 엄숙한 서약을 하기 전에 그가 누릴 수 있는 자유를 좀더 맛보아야 하지 않겠느냐고.

하지만 내가 쓴 편지를 다시 읽어보고는 그냥 찢어버렸다. 대체 내가 무슨 자격으로 자유니 서약이니에 대해 말할 수 있단 말인가? 그 말들이 뜻하는 바를 아는 것은 그였지, 나는 아니었다.

어느 날, 그가 강연을 하게 되었다는 소식을 듣고 나는 깜짝 놀랐다. 뭔가를 가르치기에는 그가 아직 어리다는 생각에서였다. 그런데 2주 후, 그가 마드리드의 한 소모임에서 강연을 한다고,

내가 꼭 와주었으면 한다고 편지를 보내왔다.

　나는 사라고사에서 마드리드까지 네 시간의 여행을 하기로 했다. 그를 만나보고 싶었다. 카페에 마주 앉아 그의 목소리를 들으며 지난 시절을 추억하고 싶었다. 함께 놀았던, 한 번 휘 돌아보기엔 세상이 너무 크고 아득하다고 생각했던 시절들을.

1993년 12월 4일, 토요일

 강연장은 내가 상상했던 것보다는 격식을 갖춘 곳이었다. 사람들도 예상보다 훨씬 많았다. 그걸 어떻게 이해해야 할지 갈피를 잡지 못했다. '그가 유명인사가 된 건가?' 그의 편지에는 그런 언급이 전혀 없었다. 주위에 앉은 사람들에게, 왜 여기에 왔는지 묻고 싶었지만 그럴 용기는 없었다.
 강연장으로 들어서는 그를 본 순간, 나는 놀라고 말았다. 그는 내가 기억하고 있던 어린 소년과 많이 달랐다. 하긴 벌써 십일 년 전이니까, 사람들은 변하게 마련이니까. 그는 아름다웠고, 눈은 빛나고 있었다.
 "그는 우리에게 한때 우리 것이었던 것들을 돌려주지요."
 내 왼쪽 자리에 앉은 여자가 말했다.

이상한 말이었다.
"그가 뭘 돌려준다고요?"
내가 물었다.
"우리가 도둑맞았던 것, 믿음 말이에요."
"아뇨, 그가 우리에게 돌려주는 게 아니죠. 그것들은 이미 우리의 것일 뿐, 누가 돌려줄 수 있는 게 아니에요."
내 오른쪽 자리에 앉은 젊은 여자애가 끼어들었다.
"흠, 그렇다면 아가씨는 여기서 뭘 하고 있는 거지?"
첫번째 여자가 약간 신경질적으로 물었다.
"그의 말을 듣고 싶어서죠. 정확하게 말하면, 그들이 어떻게 생각하는지 알고 싶어서라고 할까요. 그들은 우리를 이미 한번 화형에 처했어요. 아마 또다시 그러고 싶은 모양이죠. 그는 그저 하나의 목소리에 불과해요. 그는 그가 할 수 있는 것만을 하죠."
여자애는 빈정거리는 듯한 미소를 지어 보이곤 대화를 그만 끝내겠다는 듯 고개를 돌렸다.
"그는 아직 신학생인데, 매우 용기 있는 일을 하고 있는 게 아닌가요."
첫번째 여자는 얘기를 계속하며 나를 쳐다봤다. 자기 말에 동조를 구하는 것처럼.
그러나 나는 아무것도 알아들을 수 없었다. 내가 입을 다물고 있자, 그 여자도 그만둬버렸다. 그러자 젊은 여자애가 내가 자기와 한패라도 되는 양 눈을 찡긋해 보였다. 하지만 내가 입을 다물고 있었던 건 다른 이유에서였다. '신학생이라고?' 그럴 수는 없었다. 그는 내게 그 말을 했어야 했다. 나는 그런 생각에 몰두해 있었다.

그가 강연을 시작했지만, 나는 집중할 수가 없었다. '옷을 좀더 잘 차려입고 오는 건데.' 나는 내가 왜 이리 걱정을 하는지도 모른 채 중얼거렸다. 그는 청중 속에 있는 나를 발견한 게 분명했다. 나는 그가 무슨 생각을 하고 있는지 추측해보려 애썼다. 내가 그에게 어떻게 보일까? 스물아홉의 여자는 열여덟의 소녀와 얼마나 달라 보일까?

그의 목소리는 여전했다. 그러나 그가 하는 말들은 분명 변해 있었다.

그는 말하고 있었다.

"위험을 감내할 수 있어야 합니다. 예상치 못한 어떤 일들이 일어날 때에야 비로소 우리는 생의 기적을 참으로 이해할 수 있습니다.

신께선 매일 우리에게 태양을 허락하십니다. 신께서는 우리를 불행하게 하는 모든 것들을 변화시킬 수 있는 능력의 순간을 주십니다. 그런데 우리는 그 순간이 존재한다는 것을 깨닫지 못하는 척하고, 오늘은 어제와 같은 날이고 내일도 오늘과 다르지 않을 거라 여깁니다. 하지만 살아 숨쉬는 순간에 주의를 기울인다면, 우리는 마법의 순간을 발견하게 될 것입니다. 그것은 어느 아침, 열쇠를 자물통에 꽂는 그 순간에 숨겨져 있을지도 모릅니다. 저녁식사 후에 갖는 짧은 침묵의 순간일 수도 있고, 우리에게 매한

가지로 보일 뿐인 수많은 무엇 속에 숨어 있을 수도 있습니다. 분명 그 순간은 존재합니다. 모든 별들에 깃들인 힘이 우리 속에 들어와, 우리가 기적을 행할 수 있는 순간 말입니다. 기쁨은 때로 하늘에서 내려주시는 은총이기도 합니다 ― 그러나 대개는 쟁취하는 것이죠. 마법의 순간은 우리가 변할 수 있도록 도우며, 꿈을 실현시키도록 우리를 멀리 떠나보냅니다. 많이 고생스럽겠죠. 힘든 여정을 보내게 되겠지요. 그러나 이 모든 것은 잠깐일 뿐입니다. 그 시간들은 우리에게 아무런 흔적도 남기지 못합니다. 그리고 언젠가 우리는 자부심과 신념을 가지고 그 여정을 돌아보게 되겠지요.

위험을 감수할 것을 두려워하는 자는 불행합니다. 그는 실망하거나 환멸 따위를 알게 될 일은 없겠지요. 꿈을 좇아 길을 떠나는 다른 사람들처럼 고통받지도 않을 겁니다. 그러나 뒤를 돌아보았을 때, 우리는 뒤를 돌아보려고 사는 거니까요, 그들은 이렇게 속삭이는 자신의 목소리를 듣게 될 겁니다. '너는 대체 신께서 네게 허락하신 마법의 순간에 뭘 한 거야? 신께서 네게 주신 능력을 가지고 뭘 했어? 그 능력을 잃어버릴까 두려워서 그걸 굴 속에 파묻어버렸지. 덕분에 지금 네게 남겨진 것이라곤, 네가 생을 낭비했다는 사실뿐이야.'

이 말을 들은 사람은 불행합니다. 왜냐하면 그들이 기적을 믿게 되었을 때는 이미 생의 모든 마법의 순간들이 그를 지나쳐버린 뒤일 테니까요."

강연이 끝나자 청중들이 그를 둘러쌌다. 나는 기다렸다. 그토록 오랜 세월이 흐른 지금, 그에게 내 모습이 어떻게 보일지 두려웠다. 나 자신이 아이 같았다. 자신감은 하나도 없고, 그의 새로운 친구들을 하나도 알지 못해서 긴장하고, 나보다 훨씬 많은 주목을 받는 그를 시샘하는 어린아이처럼.

마침내 그가 내게 다가왔다. 그는 얼굴을 붉혔다. 그는 더이상 근엄하게 강연하는 사람이 아니었다. 나와 함께 산사투리오San Saturio의 작은 성당에 숨어, 전 세계를 여행하는 꿈을 들려주던 그 소년이었다. 우리가 그곳에 숨어 있는 동안, 부모님들은 우리가 강에 빠져 익사한 줄 알고 경찰에 신고했었다.

"필라."

그가 말했다. 나는 그에게 입을 맞추었다. 나는 그의 강연에 대해 칭찬할 수도 있었으리라. 그토록 많은 사람들에 둘러싸여 있어 피곤하겠다고 말할 수도 있었다. 아니면 우리의 어린 시절을 떠올릴 만한 우스갯소리를 하거나, 아니면 많은 사람들의 존경을 받는 그가 얼마나 자랑스러워 보이는지 말해줄 수도 있었다. 사라고사로 돌아가는 막차를 타기 위해서는 서둘러 떠나야 한다고 설명할 수도 있었을 것이다.

그럴 수도 있었을 것이다. 우린 결코 이 문장의 의미를 이해할 수 없을 것이다. 우리 삶에 주어진 매순간에는, 그렇게 할 수도 있었지만 결국 그렇게 하지 못한 것들이 있게 마련이다. 마법의 순간은 깨닫지 못한 채 지나가버리고, 순식간에 운명의 손길은 모든 것을 변화시켜버린다.

그 순간 내게 일어난 일이 바로 그랬다. 내가 할 수 있었던 다른 말들 대신에, 나는 바로 일 주일 뒤에 나를 이곳 피에트라 강가로 데려와 지금 이 글을 쓰게 만든 그 말을 하고 말았다.

"커피나 한잔 하러 갈까?"

그는 나를 향해 돌아서더니 운명이 이끄는 대로 손을 내밀었다.

"네게 꼭 해야 할 얘기가 있어. 내일 빌바오에서 강연이 있는데, 함께 가지 않을래? 내게 자동차가 한 대 있어."

나는 대답했다.

"난 사라고사로 돌아가야 해."

그때까지도 나는 그게 내가 도망칠 마지막 기회라는 사실을 깨닫지 못했다.

그리고는 나 스스로도 놀랄 말을 하고 말았다. 어쩌면 그를 본 순간 내가 다시 어린아이로 돌아가버렸는지도 모르겠다. 어쩌면 우리가 우리 생애 최고의 순간들을 기록할 사람은 아니기 때문인지도. 나는 말을 이었다.

"하지만 이제 곧 성모의 원죄 없으신 잉태 대축일*이 다가오니까, 빌바오에 들렀다가 사라고사로 가도 되겠지."

그리고는 그에게 '신학생'에 대해 묻고 싶어 입을 달싹였다.

"나한테 뭔가 묻고 싶은 게 있구나?"

그가 물었다. 내가 무슨 생각을 하는지 눈치챈 것 같았다. 나는 사실대로 말하기가 싫었다.

"그래. 네 강연이 시작되기 전에 어떤 여자가 그러더라. 네가 자신이 잃어버렸던 것을 되돌려준다고. 그게 무슨 뜻이니?"

"중요할 것도 없는 말이야."

"아니, 내겐 중요해. 난 네가 어떻게 살아왔는지 전혀 몰라. 지금 이곳에 이렇게 많은 사람들이 모여 있다는 것도 내겐 놀라운

---

* 가톨릭 기념일의 하나로 12월 8일에 마리아가 성령에 의해 잉태되신 것을 기념하는 축일.

일이야."

그는 웃었다. 그리고는 주변에 몰려든 사람들을 향해 몸을 돌렸다.

"잠깐만," 나는 그의 팔을 잡았다. "아직 내 질문에 대답하지 않았잖아."

"네가 흥미를 가질 만한 게 아니야, 필라."

"그래도 알고 싶어."

그는 깊은 한숨을 내쉬고는 나를 방 한구석으로 데리고 갔다.

"모든 위대한 종교들은, 그러니까 유태교, 가톨릭, 이슬람교를 포함해서 모두 남성적이지. 사제가 남자들이고, 남자들이 교의를 관장하고 율법을 만들잖아."

"그 여자가 잃어버렸다는 게 그거야?"

그는 잠시 망설이다가 대답했다.

"그래, 나는 사물을 전혀 다른 관점에서 보거든. 나는 신의 여성적 면모를 믿어."

나는 안도의 한숨을 내쉬었다. 그 여자가 틀렸다. 그가 신학생이라니, 그럴 리가 없었다. 신학생은 사물에 대해 그처럼 다른 시각을 갖고 있지 않았다.

"넌 말을 참 잘하는구나."

내가 말했다.

내게 눈을 찡긋해 보였던 젊은 여자애가 문 앞에서 기다리고 있었다.

"전 우리가 같은 전통에 속해 있다는 것을 알아요. 브리다라고 해요."

그애가 말했다.

"무슨 말인지 모르겠군요."

"아뇨, 당신은 알아요."

그애는 웃었다. 그리고는 내가 미처 대꾸하기도 전에 내 팔을 잡고 밖으로 데리고 나왔다. 정말 추운 밤이었다. 내일 아침 빌바오로 떠나기 전까지 뭘 해야 좋을지 알 수 없었다.

"어딜 가는 거예요?"

"여신상이 있는 곳으로요."
"난 하룻밤 묵을 값싼 호텔을 찾아야 하는데."
"나중에 내가 알려줄게요."

나는 따뜻한 찻집에 들어가 그애와 얘기나 나누고 싶었다. 그러면 그에 대해 많은 것을 알 수 있을 것 같았다. 하지만 그러자고 그 여자애와 입씨름을 하고 싶지는 않았다. 그애의 손에 이끌려 카스텔라나의 가로수 길을 따라 걸으면서, 나는 마드리드 시내를 둘러보았다. 오랫동안 나는 마드리드에 와보지 못했다.

여자애는 길 한가운데 문득 멈춰 서더니 하늘을 가리켰다.

"저기예요!"

길 양편으로 늘어선 헐벗은 나뭇가지 사이로 달이 환히 빛나고 있었다.

"정말 아름답네요!"

내가 말했다. 그러나 여자애는 듣고 있지 않았다. 그애는 손바닥이 하늘을 향하게 하고 양팔을 벌려 십자가 모양을 만들고는 달을 응시하고 있었다. 나는 생각에 잠겼.

'대체 나한테 무슨 일이 벌어진 거지? 강연회에 참석하려고 이곳에 왔을 뿐인데. 그런데 지금은 바람 부는 카스텔라나의 산책로 한가운데서 정신나간 여자애와 있잖아. 그리고 내일은 빌바오로 떠나다니!'

"오, 대지의 여신의 거울이시여!"

그애가 눈을 감은 채 말했다.

"우리가 가진 힘을 일깨워주시고, 남자들이 우리를 이해할 수 있도록 도와주소서. 하늘에서 탄생하시는, 빛나는, 스러졌다가 다시 부활하는 당신은 우리에게 씨를 뿌리고 열매를 수확하는 주기를 보여주시나이다."

그애는 밤하늘을 향해 한껏 팔을 뻗은 채 한참 동안 그대로 서 있었다. 지나가던 몇몇 행인이 그애를 보곤 킥킥거렸다. 그애 옆에 서 있는 내가 부끄러워 죽을 것만 같았는데, 그애는 신경도 쓰지 않았다.

"그걸 해야만 해요."

달에 바치는 기나긴 기도를 마친 여자애가 입을 열었다.

"여신께서 우리를 지켜주실 수 있도록."

"대체 무슨 소릴 하는 거예요?"

"당신 친구가 말했던 거랑 같은 거예요. 오직 진실인 말들과 함께여야만 하죠."

그제야 나는 그의 강연에 귀 기울이지 않은 것을 후회했다. 그가 정확히게 무슨 말을 했는지 기억할 수 없었다. 다시 걷기 시작하면서 여자애는 말을 이었다.

"우리는 신의 여성적 면모를 알고 있어요. 우리 여자들은 어머니이신 여신의 사랑을 이해할 수 있거든요. 우리는 박해받고 화형에 처해지는 고통을 치렀어요. 지혜를 얻기 위한 대가였죠. 그리고 살아남았어요. 이제 우리는 그녀의 신비를 이해해요."

화형? 여자애는 마녀들에 대해 얘기하고 있었다.

나는 그애를 좀더 자세히 바라봤다. 예뻤고, 머리칼은 등허리까지 늘어져 있었다.

"남자들이 사냥을 하러 떠나 있는 동안, 우리는 어머니의 자궁 같은 동굴에 남아 아이들을 돌봤어요. 대지의 여신이 우리에게 모든 것을 가르쳐준 곳이 바로 그곳이죠.

남자들이 밖에서 활동하는 동안 우리는 어머니의 자궁에 머물렀어요. 그곳에서 우리는 씨앗이 싹을 틔워 변모하는 것을 볼 수 있었고, 우린 그걸 남자들에게 이야기해주었죠. 우리는 최초의 빵을 만들고, 그것으로 사람들을 먹였어요. 우리는 목을 축일 수 있는 그릇을 만들었어요. 우리는 창조의 주기를 이해했어요. 우리 여자들의 몸은 달의 운동 주기를 따르니까요."

그러더니 여자애는 갑자기 말을 멈췄다.

"여기예요."

그애가 가리킨 곳을 쳐다보았다. 차들이 돌고 있는 광장 한가운데, 사자들이 끄는 마차를 탄 여인상이 새겨져 있는 분수가 있었다. 열댓 장의 그림엽서들에서 보아온 그 분수였다.

"여긴 시벨레 광장이군요."

마드리드에 대해 나도 조금은 알고 있다는 것을 알리고 싶어 말했다. 하지만 여자애는 이미 내 말을 듣고 있지 않았다. 어느새 도로로 뛰어든 그애는 달리는 차들 사이를 뚫고 지나가려 애쓰고 있었다.

"이리 와요! 저쪽으로 건너가요!"

여자애는 차들 사이에 서서 나를 향해 손을 흔들며 소리쳤다.

나는 그애가 알려준다던 호텔의 이름만이라도 얻어듣기 위해 줄곧 따라왔다. 하지만 그애의 미친 짓거리는 나를 지치게 만들었다. 나는 잠이나 자러 가고 싶을 뿐이었다. 우리는 거의 동시에 분수에 도착했다. 심장이 세차게 뛰었다. 그러나 그애는 입가에 미소를 머금고 있었다.

"물이다!" 그애가 소리쳤다. "물은 그녀의 현현(顯現)이죠."

"이봐요, 아가씨가 안다는 그 값싼 호텔 이름이나 말해줘요. 부탁이야."

여자애는 두 손을 물 속에 담갔다.

"당신도 이렇게 해야 해요. 물을 느껴봐요."

"됐어요. 하지만 당신의 체험을 방해하고 싶진 않아요. 이제 난 호텔을 알아보러 가겠어요."

"잠깐만요."

여자애는 가방에서 작은 피리를 꺼내 불기 시작했다. 신기하게도 그 피리 소리는 내게 최면을 걸어왔다. 자동차의 소음이 아득히 멀어지고, 쿵쾅대던 심장박동이 서서히 느려지기 시작했다. 나는 분수 가장자리에 앉아 쏟아지는 물소리와 피리 소리에 귀를 기울이며 머리 위에서 빛나고 있는 달을 올려다보았다. 어떻게 된 건지는 모르겠지만, 나는 느끼고 있었다. 저 달이 내 여성성의 반영이라는 사실을.

그애가 얼마나 오랫동안 피리를 불었는지는 모르겠다. 음악이 멈췄을 때, 그애는 분수를 향해 서 있었다.

"시벨레." 그애가 말했다. "추수를 주관하고, 도시를 지켜주고, 여자들에게 사제의 본분을 되돌려주는 대지의 여신의 현현이시여."

"넌 누구니? 왜 나를 여기로 데려온 거니?"

내가 묻자, 그애는 나를 향해 돌아섰다.

"난 네가 생각하는 대로의 나야. 난 대지의 종교의 일부분이지."

"내게 뭘 원하는 거니?"

나는 참을성 있게 물었다.

"난 너의 눈을 들여다볼 수 있지. 네 마음을 읽을 수 있고. 넌 사랑에 빠질 거야, 그리고 비탄에 잠기게 될 거야."

"내가?"

"넌 내가 지금 무슨 말을 하고 있는지 알고 있어. 난 그가 널 어떻게 바라보는지 봤지. 그는 널 사랑해."

확실히 미친 여자애였다.

"그래서 너를 이곳에 데려온 거야. 그는 아주 중요한 사람이거든. 가끔은 멍청한 소릴 할 때도 있지만, 최소한 그는 대지의 여신을 알고 있어. 그가 자신의 길을 잃게 하지 마. 내버려두지 말고, 그를 도와줘."

"너는 지금 네가 무슨 소릴 하고 있는지도 모르고 있어. 꿈을 꾸고 있는 거라구."

나는 돌아서서 자동차의 물결 속으로 뛰어들었다. 그 여자애가 했던 말들을 모두 잊으리라 다짐하면서.

1993년 12월 5일, 일요일

우리는 커피를 한잔 마시기 위해 차를 세웠다.

"그래, 삶은 우리에게 많은 걸 가르치지."

나는 대화를 계속 이어나가기 위해 말했다. 그러자 그가 대꾸했다.

"삶은 나에게 가르쳤어, 우리가 뭔가를 배울 수 있고 변화될 수 있다고. 비록 그것이 불가능해 보일 때에도 말야."

그는 그 주제에 대해 말하고 싶어하지 않았다. 우리는 도로변 카페에 멈출 때까지 두 시간 동안 차를 달리며 거의 아무 말도 하지 않았다.

처음에 나는 우리의 어린 시절을 떠올리게 하려고 애썼다. 그러나 그는 그저 예의상 관심을 보일 뿐, 내 말을 듣고 있지 않았다. 뭔가 잘못되어 있었다. 지난 세월과 우리가 떨어져 있던 거리가 그를 내게서 영원히 멀어지게 한 것일까? 무슨 말을 꺼내도, 그는 '마법의 순간'에 대해 말하겠지, 나는 생각했다. 무엇이 그로 하여금 카르멘, 산티아고 혹은 마리아로 여정을 정하게 한 것일까? 그는 지금 나와는 전혀 다른 세계에 살고 있다. 소리아는 그에게 시간 속에 빙결된 마을인 채, 그의 어린 시절 친구들은 여전히 어린아이로 남아 있고 노인들은 오랫동안 늘 해왔던 일들을 하며 아직도 살아가는, 먼 추억일 뿐이었다.

나는 그와 함께 떠나온 걸 후회하기 시작했다. 카페에서 그가 다시 화제를 바꾸었을 땐, 더는 고집을 피우지 않기로 결심했다.

빌바오까지의 두 시간은 그야말로 고문이었다. 그는 도로에만 시선을 고정시켰고, 나는 차창 밖만 내다보았다. 두 사람 중 누구도 우리 사이로 스멀스멀 피어오르는 불편한 감정을 숨길 수 없었다. 그가 빌린 자동차에는 라디오가 없었다. 별수 없이 정적을 견뎌야만 했다.

"버스 정류장이 어디 있는지 물어봐야겠어. 여기서 사라고사까지 정기적으로 운행하는 노선이 있을 거야."

고속도로를 벗어나자마자 내가 말했다.

마침 시에스타* 시간이라 거리에는 인적이 드물었다. 우리는 어떤 남자 한 명과 젊은 연인 한 쌍을 지나쳤다. 하지만 그는 차를 세우고 묻지 않았다.

"정류장이 어디 있는지 아는 거야?"

얼마쯤 지나서 내가 물었다.

"뭐가 어디에 있다고?"

---

* Siesta. 스페인·남미에서 오후 한때 즐기는 낮잠.

그는 여전히 내 말을 듣고 있지 않았다.

그 순간 나는 우리 사이의 침묵이 무엇을 의미하는지를 갑자기 깨달았다. 위험을 무릅쓰고는 결코 세상으로 나가지 않으려는 여자와 그가 나눌 수 있는 말이 무엇이었을까? 미지의 것을 두려워하고 안정된 직장과 평범한 결혼생활을 꿈꾸는 여자와 함께 보내는 시간에 그가 어떻게 흥미를 느낄 수 있었겠는가? 어린 시절의 친구들에 관한 잡담이나 보잘것없는 마을에 대한 먼지 같은 기억들을 쉬지 않고 지껄여댄 내가 한심했다. 하지만 내가 나눌 수 있는 대화란 그런 것들뿐이었다.

차가 시내 중심가로 접어들 무렵 나는 말을 꺼냈다.

"난 여기 내려주면 돼."

나는 아무렇지도 않은 듯 말하려고 애썼다. 하지만 나 자신이 못나고 유치하고 서글프게 느껴지는 건 어쩔 수 없었다.

그는 차를 세우지 않았다. 나는 고집을 부렸다.

"사라고사로 돌아가는 버스를 타야 한단 말야."

"여긴 나도 처음 와보는 곳이야. 내가 묵기로 한 호텔이 어디 있는지, 강연장이 어딘지도 몰라. 버스 정류장이 어디 있는지도 모른다고."

"내가 알아서 갈게. 신경 쓰지 마."

그는 차의 속력을 줄였지만 멈추지는 않았다.

"난 정말로……."

그가 말을 꺼냈다. 다시 한번 같은 말을 꺼냈지만, 말을 잇지 못했다.

그가 무슨 말을 하려고 하는지 짐작할 것 같았다. 함께 와줘서 고맙다든지, 옛 친구들에게 안부를 전해달라든지. 이런 식으로 그는 불편한 감정을 완화시키려는 것이리라.

"난 정말로 네가 오늘밤 강연회에 같이 가주었으면 좋겠어."

마침내 그가 말했을 때, 나는 아연실색했다. 혹시 그는 지금 자동차 여행 동안 우리가 견뎌야 했던 괴로운 침묵을 만회하기 위해 시간을 벌자는 게 아닐까, 하는 생각이 들었다.

"네가 오늘밤 나와 함께 가준다면 난 정말로 기쁠 거야."

어쩌면 나는 도시 여자들의 세련미라든지 기품 따윈 전혀 없는, 게다가 그럴듯한 얘깃거리 하나 없는 촌뜨기 여자일지 모른다. 하지만 시골 생활이라는 게 여자를 우아하고 세련되게 만들지는 못한다 해도, 자기 마음의 목소리에 귀를 기울이고 직관에 따라 행동하는 법을 가르치는 데는 부족함이 없다. 그런데 내가 놀란 것은, 그의 말이 그의 진심이라고 나의 본능이 속사인다는 사실이었다.

나는 안도의 한숨을 내쉬었다. 물론 나는 그 어떤 강연회에도 참석하지 않을 것이다. 하지만 최소한 내게 소중했던 친구가 다시 돌아와 있었다. 게다가 그는 자신의 두려움을 함께 나누고, 승리를 함께 나누자고 내게 권하고 있었다.

나는 대답했다.
"초대해줘서 고마워. 하지만 난 호텔에 묵을 만큼 형편이 넉넉지 않을뿐더러 학교 수업 때문에 돌아가야 해."
"돈은 나한테 좀 있어. 그리고 잠은 내 방에서 자면 돼. 침대가 둘 있는 방을 구하자."

차가운 날씨에도 불구하고, 그는 땀을 흘리고 있었다. 마음속에서 경고음이 울리기 시작했다. 하지만 그게 무얼 의미하는지 알 수 없었다. 조금 전까지 느꼈던 기쁨의 감정이 다시 거대한 혼돈으로 뒤바뀌어버렸다.

갑자기 그가 차를 세우더니 내 눈을 똑바로 들여다보았다. 눈을 똑바로 쳐다보면, 누구도 거짓말을 할 수 없다. 무얼 숨길 수도 없다. 조금이라도 감각이 있는 여자라면 한 남자의 눈동자에 깃들인 사랑을 읽을 수 있다. 설령 그것이 터무니없어 보일지라도, 설령 그 사랑의 현현이 그 때와 장소에 예측불허일지라도 말이다. 순간, 그 묘한 여자애가 분수 앞에서 내게 했던 말이 떠올랐다.

말도 안 되는 소리였다. 하지만 사실이었다.

그토록 오랜 세월이 흐른 뒤에도 여전히 그가 기억하고 있으리라고는 꿈에도 생각지 못했다. 우린 어렸고, 함께 자랐으며, 손을 꼭 잡은 채 함께 세상을 만났다. 만약 사랑이 무엇인지 어린애도 안다고 가정한다면, 나는 그를 사랑했다. 그러나 그건 이미 지난 시절, 삶이 우리에게 뭔가 근사한 것만 안겨줄 거라 믿으며 마음의 문을 활짝 열 수 있는 천진난만했던 때의 이야기였다. 그러나 지금 우리는 스스로를 책임질 줄 아는 성인이 아닌가. 어린 시절의 일들은 그저 어린 시절의 일일 뿐이다.

나는 다시 그의 눈을 바라보았다. 믿고 싶지 않았다. 아니, 내가 그의 눈 속에서 본 것을 믿을 수 없었다.

"이게 마지막 강연이야. 그리고는 곧 성모의 원죄 없으신 잉태대축일 휴가가 시작되잖아. 산으로 올라가야 해. 네게 꼭 보여주고 싶은 게 있어."

이 멋진 남자가, '마법의 순간'에 대해 이야기하는 사람이 지금 내 앞에서 어쩔 줄 몰라하고 있었다. 그는 너무 앞서가고 있었다. 확신도 없이, 어처구니없는 제안을 하고 있는 것이다. 이런 상황에서 그를 바라보는 것은 고통스러운 일이었다.

나는 차 문을 열고 밖으로 나가 차에 기대서서 인적이 끊긴 거리를 멍하니 바라보다가 담배에 불을 붙였다. 아무 생각도 하지 않으려고 애썼다. 나는 그가 한 말을 이해하지 못한 체하거나, 그저 어린 시절의 친구가 한 제안이라고 스스로를 납득시킬 수도 있었다. 어쩌면 그는 너무나 오랫동안 길 위에 머물렀고, 이제는 서서히 혼란스러워지기 시작한 것일지도 몰랐다.

어쩌면 너무 앞서가고 있는 건 나인지도 몰랐다.

그가 차에서 내려 내 곁으로 다가왔다.
"네가 오늘밤 강연에 함께 있어준다면 정말로 기쁠 거야."
그는 다시 말했다.
"하지만 네가 그럴 수 없다고 해도 이해할게."
그랬다. 세계는 완전히 한 바퀴 돌고 난 뒤에 원상태로 되돌아갔다. 그건 내가 생각했던 것은 아니었다. 그는 더이상 고집 부리지 않았다. 그는 내가 다시 떠나도록 내버려둘 준비가 되어 있었다. 사랑에 빠진 남자는 이렇게 행동하지 않는 법이다.

안도감이 드는 동시에 바보가 된 기분이었다. 그래, 하루쯤 더 머무는 것도 괜찮겠지. 저녁을 함께 먹고, 우리가 어렸을 땐 한 번도 해본 적이 없는 일, 술을 좀 마실 수도 있을 것이다. 내가 몇 분 전에 생각했던 어리석은 생각들을 잊을 수 있는 기회가 될지도 모르고, 마드리드를 떠나온 후부터 줄곧 꽁꽁 얼어붙어 있던 우리 사이의 얼음장을 깰 수 있는 좋은 계기가 될 것이다.

하루쯤이야 별일 없을 것이다. 그렇지만 하다못해 친구들에게 들려줄 이야깃거리는 되겠지.

"침대는 따로 써야 해."

나는 농담조로 말했다.

"그리고 저녁은 네가 사는 거야. 난 아직 학생이고, 지금 돈이 없거든."

우리는 호텔 방에 짐을 옮겨두고 강연회가 열리는 장소까지 내려왔다. 그런데 너무 일찍 도착해서 카페에 앉아 기다려야 했다.

"네게 주고 싶은 것이 있어."

그가 조그만 붉은 주머니를 건네며 말했다.

주머니 속에는 오래되어 녹이 슨 메달이 들어 있었다. 한쪽 면에는 자비로운 성모가, 다른 면에는 예수의 성심(聖心)이 새겨져 있었다.

"그거 네 거야."

내가 놀라는 걸 알아채고 그가 말했다.

마음속에서 다시 경고음이 울리기 시작했다.

"어느 날이던가, 지금처럼 가을이었지. 우리가 열 살 때였을 거야. 너와 함께 커다란 참나무가 있는 광장에 앉아 있었어. 나는 네게 뭔가를 말하려고 했었지. 몇 주 동안 계속 연습했던 말이었어.

하지만 내가 말을 막 시작하자마자, 네가 메달을 잃어버렸다고 했어. 산사투리오의 작은 예배당에서 말야. 넌 나한테 거기 가서 메달을 찾아봐줄 수 있느냐고 물었어."

기억이 났다. 세상에! 기억이 났다······.

"난 메달을 찾았어. 하지만 광장으로 돌아갔을 때는 이미 오랫동안 연습했던 그 말을 할 용기가 사라졌지. 그래서 나 자신과 약속했어. 내가 그걸 완전한 문장으로 말할 수 있을 때 네게 메달을 돌려주겠다고. 거의 이십 년 전 일이야. 오랫동안 잊으려고 했지만, 그 문장은 늘 그곳에 있었어. 그 문장을 속에 담고는 더이상 살 수가 없어."

그는 들고 있던 커피잔을 내려놓고는 담배에 불을 붙였다. 그리고는 오랫동안 천장을 올려보았다.

"아주 짧은 문장이야."

그는 이윽고 나를 바라보았다.

"사랑해."

그는 말했다.

"우린 때로 통제하기 어려운 비탄의 느낌에 사로잡히기도 합니다. 우리가 그날의 '마법의 순간'을 지나쳤음을, 우리가 아무것도 하지 않았음을 깨닫는 거지요. 생은 자신의 마법과 예술을 감추기 시작합니다.

우리는 우리 내면에 여전히 존재하고 있는, 한때 우리 자신이었던 어린아이의 목소리에 귀를 기울여야 합니다. 이 어린아이는 마법의 순간을 이해하지요. 그 아이의 울음을 틀어막아버릴 수는 있겠지만, 그 목소리만큼은 결코 잠재울 수 없습니다.

한때 우리 자신이었던 그 아이는 아직도 거기 있습니다. 마음이 어린 자들은 행복합니다. 하늘나라가 그들의 것입니다.

우리가 다시 태어나지 않는다면, 만일 우리가 어린 시절의 천진난만함과 열정을 가지고 생을 다시 바라보지 않는다면, 생은 아무런 의미도 없습니다.

자살하는 방법에는 여러 가지가 있습니다. 육신을 죽이는 것은 신의 율법에 반하는 일입니다. 영혼을 죽이는 것 또한 신의 율법에 반하는 일이지요. 비록 그 범죄가 눈에 보이지 않는다 해도 말입니다.

우리 마음속에 존재하는 어린아이의 음성에 귀를 기울여야 합니다. 그 아이를 성가셔해서는 안 됩니다. 그 아이를 혼자 내버려두고 그 아이의 말을 거의 듣지 않음으로써, 그 아이가 겁을 집어먹도록 해서는 안 됩니다.

그 아이에게 우리 생의 고삐를 쥐도록 해야 합니다. 그 아이는 알고 있습니다, 다가올 매일매일이 지나온 모든 날들과 다르다는 것을 말입니다. 그 아이가 사랑받고 있음을 다시 느끼게 해야 합니다. 그 아이를 즐겁게 해야 합니다. 비록 그것이 우리에게 익숙지 않은 방식으로 행동하는 것이고, 타인의 눈에 어리석게 보일지라도 말입니다.

인간의 지혜라는 것이 신의 눈에는 광기일 뿐이라는 것을 기억하십시오. 우리가 우리의 영혼 속 아이의 목소리에 귀를 기울인다면, 우리의 눈은 좀더 밝아질 것입니다. 우리 영혼 속의 아이와 만나는 끈을 놓치지 않는다면, 우리는 생과의 만남도 놓치지 않게 될 것입니다."

나를 둘러싸고 있는 모든 것, 주위의 색깔들이 점점 더 강렬해지기 시작했다. 내 목소리의 톤은 나도 모르게 점점 더 높아지는 듯했으며, 테이블에 컵을 내려놓는 소리가 점점 더 크게 들리는 것 같았다.

강연이 끝나고 열 명 남짓한 사람들이 모여 저녁식사를 했다. 사람들이 모두 동시에 말하는 모습을 바라보며 나는 미소를 짓고 있었다. 아주 특별한 저녁, 몇 년 만에 처음으로 가져본, 내가 계획한 것과는 전혀 다르게 흘러간 저녁이었다.

얼마나 즐거웠던가!

마드리드로 가기로 결심했을 때만 해도 나는 내 감정과 행동을 통제하고 있었다. 그런데 갑자기 모든 것이 바뀌었다. 내가 태어난 곳에서 겨우 세 시간 거리에 있는데도 여태껏 발 한번 들여놓아보지 못한 도시에, 그리고 아는 사람이라곤 단 한 명뿐인 식탁에 앉아 있는 것이다. 그리고 그들 모두는 오랫동안 알고 지내온 것처럼 나에게 말을 건넸고, 정말 놀라운 것은 내가 그들과 함께 대화하며 마시고 즐길 수 있었다는 사실이다.

나는 그곳에 있었다. 불현듯, 생이 나에게 진짜 생을 선사해주었기 때문이다. 나는 죄의식은커녕 그 어떤 두려움이나 부끄러움도 느끼지 않았다. 그에게 다가가면 갈수록, 그의 말을 들으면 들을수록, 나는 점점 그가 옳다는 것을 인정하게 되었다. 위험을 감수해야만 하는 순간들, 미친 짓을 해야 하는 순간들이 있는 법이다.

'이제껏 나는 교과서와 노트에 내 삶의 하루하루를 바치고 있었어. 그런 것들은 결국, 힘을 쓰면 쓸수록 내 몸을 더욱더 옥죄어오는 사슬일 뿐인데, 나는 왜 그 직업을 원한 걸까?' 나는 생각했다. '왜 그 직업을 원한 걸까? 그 일이 한 인간인 내게, 한 여자인 내게 무엇을 가져다줄 수 있지?'

'아무것도 없어! 나는 판사들의 소송사건 처리나 도우면서 책상머리 앞에서 내 인생을 소진하기 위해 태어난 게 아니었다.

'안 돼, 내가 지금 무슨 생각을 하고 있는 거지? 생을 이런 식으로 바라봐선 안 돼. 난 이번 주말까지는 집으로 돌아가야 해. 포도주 때문일 거야. 무슨 말을 어떻게 한다 해도 결국, 일하지 않는

자는 먹을 수 없는 법이잖아. 이건 모두 꿈일 뿐이야. 곧 끝나게 될 꿈.'

그런데 얼마나 오래 이 꿈을 지속시킬 수 있을까? 처음으로 나는 그와 함께 산으로 갈 생각을 하고 있었다. 어쨌거나 일 주일이라는 휴가가 다가오고 있었으니까.

"어떻게 되시죠?"

같은 테이블에 앉은 여자가 내게 물었다.

"어릴 적 친구예요."

"어렸을 때도 그가 이런 일들을 했나요?"

"어떤 일을 말씀하시는 거죠?"

다른 사람들의 말소리가 점점 희미해졌다.

"잘 아시잖아요…… 기적과 관련된 일 말예요."

"그때도 말은 잘했었죠."

나는 그 여자의 말을 이해하지 못한 채 대답했다.

그러자 그를 포함한 모든 사람들이 웃음을 터뜨렸다. 나는 어찌된 영문인지 알 수 없었다. 하지만 포도주가 나 자신을 통제해야 한다는 압박감에서 나를 자유롭게 했다. 그런 기분은 처음이었다. 나는 입을 다물고, 주위를 둘러보았다. 그리곤 나도 모를 말들을 뱉고는 곧 잊어버렸다. 나는 다시 코앞으로 다가온 축일 휴가 생각에 몰두했다.

그곳에 있는 것, 새로운 사람들을 만나는 것은 유쾌한 일이었다. 그들은 심각한 것들에 대해 이야기하면서도 시종일관 웃음을 잃지 않았다. 난 정말 내가 세상의 일부가 된 것 같았다. 적어도 그 저녁만큼은, 나는 더이상 텔레비전이나 신문을 통해서 세상을 바라보고 있는 게 아니었다. 사라고사로 돌아갈 땐 풍성한 이야깃거리를 가져갈 수 있을 것이다. 만일 휴가를 보내기 위한 그의 초대를 받아들인다면, 난 일 년 내내 새로운 추억을 곱씹을 수도 있으리라.

'그가 소리아 어쩌고 하는 내 말들에 주의를 기울이지 않은 건 현명한 선택이었어.' 나는 내가 불쌍했다. 그렇게 오랜 세월 동안 내 기억의 서랍 속에는 늘 똑같은 이야기만 가득 차 있었다니.

"좀더 드시죠."

백발 남자가 내 잔을 채워주며 말했다.

나는 그것을 들이켰다. 그를 만나지 못했더라면, 훗날 내 아이들과 손자들에게 들려줄 이야깃거리가 얼마나 빈약했을까 하고 생각했다.

"너와 함께 프랑스로 가고 싶어."

그가 삭게 속삭였기 때문에 다른 사람은 들을 수 없었.

포도주가 내 혀를 자유롭게 풀어놓아, 나는 스스럼없이 대꾸했다.

"네가 분명히 알아둬야 할 것이 있어."

"뭔데?"

"강연 시작 전에 네가 고백한 거 말야. 카페에서."

"메달?"

"아니," 나는 그의 눈을 똑바로 바라보면서 내가 취하지 않았음을 보여줬다. "그때 네가 했던 말."

"그 얘긴 나중에 하자."

그는 즉각 화제를 바꾸려 했다.

그는 나를 사랑한다고 했다. 우리는 그것에 대해서 이야기할 시간을 갖지 못했지만, 나는 알고 있었다. 그것이 진실이 아님을, 내가 그에게 그 사실을 일깨워줘야 함을.

"내가 너와 함께 여행하기를 바란다면 내 말을 들어."

"여기서 얘기하고 싶지 않아. 지금은 즐거운 시간을 보내고 있잖아."

하지만 나는 멈추지 않았다.

"넌 아주 어렸을 때 소리아를 떠났어. 나는 네 과거와 연결된 유일한 끈일 뿐이야. 너의 뿌리, 너의 근원을 연상시키는…… 하지만 그게 다야. 그건 사랑이 아니야."

그는 아무 말도 하지 않았다. 그때 누군가가 그에게 의견을 물어왔고, 우리의 대화는 끝이 났다.

'최소한 내가 어떻게 생각하는지는 분명하게 말했어. 그가 말하는 사랑은 동화 속에서나 존재하는 거야.'

현실에서의 사랑은 가능성이 있어야 한다. 설사 내가 주는 사랑에 대해 당장 대답을 얻지는 못하더라도, 최소한 언젠가는 원하는 사람을 가질 수 있으리라는 희망이 있어야 존재하는 것이 사랑이다. 그렇지 않은 것은 환상에 불과하다.

마치 내 생각을 읽기라도 한 듯, 테이블 저편에서 그가 내 쪽으로 잔을 높이 쳐들며 외쳤다.

"사랑을 위하여!"

그 역시 약간 취해 있었다. 나는 용기를 내어 응수했다.

"때론 사랑이 유치한 짓에 지나지 않음을 이해하는 현명한 사람들을 위하여!"

"현명한 사람은 오직 그가 사랑하고 있기 때문에 현명한 것!" 그가 응수했다. "어리석은 사람들은 자신들이 사랑을 이해하고 있다고 생각하기 때문에 어리석은 것!"

그의 말에, 사람들은 이내 사랑에 대한 토론에 빠져들었다. 모두들 저마다 분명한 자기 의견이 있었고, 자신들의 입장을 고수하는 데 한치의 양보도 없었다. 덕분에 포도주 몇 병을 더 비우고서야 다시 잠잠해질 수 있었다. 마침내 누군가가 시간이 많이 늦었다고 말했고, 주인이 문을 닫아야겠다며 다가왔다.

"이제 닷새간의 연휴가 시작되는데, 주인장이 문을 닫길 원하다니, 당신들이 너무 심각한 얘기만 하니 그러는 거 아니요!"

다른 테이블에 앉아 있던 사람이 큰 소리로 말했다. 모두들 웃음을 터뜨렸다. 그만 제외하고.

"그렇다면 심각한 얘긴 어디서 하란 말씀이요?"

누군가가 그 술 취한 사내에게 물었다.

"그야 성당이 있잖소!"

이번엔 식당 안에 있는 모든 이들이 웃음을 터뜨렸다.

그가 자리에서 일어섰다. 나는 그가 싸우려는 줄 알았다. 우리는 십대들, 키스라든가 싸움질, 금지된 애무, 시끄러운 음악이나 폭주로 가득 찬 밤으로 대변되는 시절의 정신상태로 되돌아가 있었던 것이다. 그러나 그는 내 손을 잡고 문 쪽으로 걸어가는 것으로 만족했다.

"가는 게 좋겠어. 시간이 늦었어."

빌바오에 비가 내리고 있었다. 온 세상에 비가 내리고 있었다. 연인들은 어떻게 자기 자신을 잃어버리는지 그리고 어떻게 자신을 되찾을 수 있는지를 배워야 한다.

그는 그 모두를 할 줄 아는 사람이었다. 그 순간 그는 행복해 보였고 호텔로 돌아오는 길에 노래를 불렀다.

사랑을 발명한 자는 미친 자이니

맞는 말이었다. 사랑을 발명하다니, 그는 미친 자임에 틀림없다. 몸 안에 여전히 술기운이 남아 있었다. 하지만 나는 정신을 차리려고 애썼다. 정신을 차려 이 모든 상황을 통제해야 해. 그래야 그와 여행을 갈 수 있어. 난 사랑에 빠진 게 아니니까, 자제하는 것은 그다지 어렵지 않을 거야. 마음을 다스릴 수 있는 사람이 세상을 정복할 수 있어.

시와 트롬본의 선율에 내 마음을 그대에게 뺏기리

좋을 텐데, 그럴 수 있다면. 마음을 다잡을 필요가 없다면. 내가 나 자신을 그냥 놓아버릴 수 있다면, 다만 그것이 단 한 번의 주말 동안만이라 해도, 지금 내 얼굴 위로 떨어지는 이 빗방울이 다르게 느껴질 텐데. 사랑이 쉬운 거라면, 우린 지금 서로의 품안에 있을 테고, 그가 부르는 노래는 우리의 이야기가 되었겠지. 축일 휴가를 끝내고 돌아올 나를 기다리는 사라고사가 없었더라면 난 정신을 차리려고 노력하지 않았을 것이다. 그냥 취기 속에 남아, 마음 내키는 대로 그의 입에 나의 입을 맞추고 그의 몸을 만지고 그와 함께 사랑의 밀어를 속삭였겠지.

하지만 안 돼! 그럴 수 없어. 그렇게 되기를 원하지 않아.

그대 미친 자여, 사랑을 발명해내었구나! 그의 노래가 속삭이고 있었다. 그래, 멀리 날아가버리자. 하지만 지금 내 상황이 허락지 않아.

그는 아직도 내가 그의 초대를 받아들였다는 것을 모르고 있었다. 그런데 왜 나는 이런 위험을 감수하고자 하는 걸까? 왜냐하면 지금 나는 취했기 때문이다. 매일이, 조금도 다르지 않은 수많은 날들이 지긋지긋하기 때문이다.

하지만 이런 지겨움은 잠시일 뿐. 난 곧 사라고사로 돌아가고 싶어질 거야. 사라고사는 내가 선택한 곳이니까. 나에겐 해야 할 공부가 있고, 나를 기다리고 있을 남편감도 찾아야 해. 그다지 어렵진 않을 거야. 평탄한 삶이 날 기다리고 있어. 아이들과 손자들이 생기고, 안정된 수입을 올리며 해마다 휴가를 떠나겠지. 난 그가 무엇을 두려워하는지는 몰라. 하지만 내가 무엇을 두려워하는지 너무나 잘 알고 있어. 난 더이상의 새로운 두려움을 원치 않아. 지금 갖고 있는 두려움만으로도 충분하니까.

나는 그와 같은 부류의 사람과는, 어떤 경우에도 사랑에 빠질 수 없다는 것을 잘 알고 있다. 나는 그를 너무나 잘 안다. 우린 너무 오랜 시간을 함께 했으며, 난 그의 모든 약점과 두려움에 대해 속속들이 알고 있다. 나는 다른 사람들처럼 그를 존경할 수 없다.

알고 있다, 사랑이 댐과 같다는 것을. 아무리 조그만 틈일지라도 방치하여 물이 새어나오게 내버려두면, 그 작은 틈이 곧 댐을 무너뜨리리라는 것을. 거센 물살의 힘을 막을 수 없으리라는 것을. 댐이 무너지면, 사랑이 모든 것을 지배하게 된다. 그리고 나면 무엇이 가능한지 불가능한지, 내가 나의 연인을 내 사람으로 만들 수 있는지 없는지를 알 수 없게 된다…… 사랑한다는 것, 그것은 통제력을 상실하는 것이다.

'안 돼. 그런 틈이 생기는 걸 보고 있을 수만은 없어. 아무리 작은 틈일지라도.'

"거기, 잠깐만요!"

그는 곧 노래를 멈췄다. 잰 발걸음 소리가 축축한 보도 위를 울렸다.

"가자!"

그가 내 팔을 잡으며 말했다.

"기다려요!" 어떤 남자가 소리쳤다. "당신과 할 얘기가 있습니다!"

그는 발걸음을 더욱 빨리 했다.

"우릴 부르는 게 아냐. 호텔로 돌아가자."

하지만 그 남자는 우릴 부르고 있었다. 거리에는 그 남자와 우리 말고는 아무도 없었으니까. 심장이 두근거리기 시작하면서 취기가 싹 달아나버렸다. 나는 빌바오가 바스크인*들의 고장이라는 사실을 떠올렸다. 테러리스트들의 공격은 흔한 일이었다. 발소리가 점점 더 가까워졌다.

---

* 스페인과 프랑스의 국경지대에 사는 소수 민족. 스페인으로부터의 분리독립을 요구하며 과격한 테러를 벌이고 있다.

"어서 가자니까!"

그는 발걸음을 재촉했다.

하지만 너무 늦었다. 머리에서 발끝까지 흠뻑 젖은 사내가 이내 우리 앞을 가로막았다.

"제발요, 부탁입니다! 제발 멈춰주십시오."

나는 겁을 집어먹고 도망갈 방법을 찾기 위해 사방을 둘러보았다. 경찰차가 나타나는 기적이 일어났으면 좋겠는데. 나는 본능적으로 그의 팔을 꽉 잡았다. 그러나 그는 내 손을 뿌리쳤다.

"부탁드립니다! 당신이 이 마을에 왔단 얘길 들었습니다. 당신의 도움이 필요합니다. 제 아들과 관련된 일입니다."

사내는 보도 위에 무릎을 꿇고 흐느끼기 시작했다.

"부탁드립니다, 부탁드립니다!"

그는 긴 한숨을 내쉬며 고개를 떨구고 눈을 감았다. 그의 침묵 사이로 사내의 흐느끼는 소리와 빗소리가 섞여들었다.

"호텔로 가서 눈 좀 붙여, 필라. 난 날이 밝을 때까지 돌아가지 못할 거야."

1993년 12월 6일, 월요일

 사랑은 덫으로 가득하다. 사랑이 그 모습을 드러낼 때, 사랑은 오직 밝은 면만을 우리에게 보여줄 뿐, 그 빛이 만든 그림자는 볼 수 없게 한다.
 "우리를 둘러싼 이 땅을 봐." 그가 말했다. "대지 위에 몸을 누이고, 땅의 심장이 뛰는 걸 느껴보는 거야!"
 "나중에. 코트가 더러워질 텐데, 지금은 이것 하나만 가지고 왔단 말이야."
 우리는 차를 타고 올리브나무들이 자라고 있는 언덕으로 갔다. 비 갠 후 쏟아지는 아침 햇살은 마치 나를 꿈속에 있는 듯 착각하게 만들었다. 하지만 선글라스는 고사하고 아무것도 없었다. 이틀 전에 벌써 사라고사로 돌아갈 예정이었기 때문에 아무것도 챙

겨오지 않았던 것이다. 간밤엔 그의 옷을 입고 자야 했다. 가까운 가게에서 티셔츠를 하나 샀기 때문에 그나마 입고 온 셔츠를 빨 수 있었다.

"내가 매일 똑같은 옷만 입고 있는 걸 보면, 넌 분명 싫증을 낼 거야."

어색한 감상에 빠져들지 않기 위해 나는 시시껄렁한 농담을 했다.

"난 네가 여기 있어서 기뻐."

메달을 준 뒤로 그는 사랑에 대해서 다시 언급하지 않았다. 어쨌든 그는 다시 열여덟 살로 돌아간 것처럼 기분이 좋아 보였다. 그는 내 곁에서 청명한 아침 햇살을 만끽하며 걸었다.

나는 지평선 끝의 피레네 산맥을 가리키며 물었다.

"넌 저기 너머에 가서 뭘 해야 하는 건데?"

"저 산 너머에는 프랑스가 있지."

"그런 것쯤은 나도 알아. 왜 우리가 저길 가야 하냐고."

그는 잠시 말이 없더니 싱긋 웃었다.

"네게 집을 하나 보여주려고. 마음에 들 거야."

"나한테 부동산업자 노릇을 할 생각이라면 그만두는 게 좋을 거야. 난 땡전 한푼 없으니까."

나로선 그가 날 나바라에 있는 어느 마을에 데리고 가든 프랑스까지 데려가든 상관이 없었다. 난 그저 축제기간을 사라고사에서 보내고 싶지 않을 뿐이었다.

'너 알아?' 나의 이성이 나의 마음에게 말을 걸기 시작했다. '넌 지금 그의 초대를 받고 행복해하고 있어. 너 변했어. 아직 모르고 있을 뿐이지.'

아니, 나는 조금도 변하지 않았어. 그저 긴장을 조금 풀었을 뿐이야.

"저기 땅에 깔린 조약돌들 좀 봐."

모난 데라곤 하나 없이 둥근 돌들이었다. 마치 해변가의 조약돌 같았다. 하지만 나바라 평원 근처에 바다라곤 없었다.

"이 위를 지나간 농부들, 순례자들 그리고 탐험가들의 발걸음이 이 돌들을 둥글게 만들었어. 돌들은 변했지. 여행자들 역시 마찬가지고."

"여행하면서 그런 것들을 배운 거야?"

"아니, 계시의 기적을 통해서 배웠어."

나는 그의 말을 이해하지 못했다. 깊이 생각해보려 하지도 않았다. 나는 햇살과 평원과 산들의 아름다움 속에 취해 있었다.

"그런데 우리 지금 어디 가는 거니?"

"아무 데도. 그냥 이 햇살과 아침나절을 즐기는 거야. 차로 오랜 여행을 해야 하니까."

그는 잠시 주저하더니 내게 물었다.

"아직도 그 메달 갖고 있어?"

난 그렇다고 대답하고 걸음을 빨리했다. 메달에 대해 이야기하고 싶지 않았다. 나는 이 아침의 행복과 자유로움을 망치고 싶지 않았다.

차를 타고 가는데 마을 하나가 나타났다. 중세에 형성된 다른 오래된 마을들처럼, 그 마을 역시 작은 언덕 위에 자리잡고 있었다. 멀리서도 교회 종탑과 성의 유적들이 보였다. 내가 제안했다.

"저 마을까지 가보자."

그는 망설이다 결국 좋다고 했다. 길가에 예배당이 보이자, 문득 그곳을 둘러보고 싶은 생각이 들었다. 오래 전부터 기도를 하지 않게 되었지만, 그래도 교회의 고요함은 언제나 내 마음을 평안하게 해줬다.

'죄책감 느끼지 마.' 나는 스스로에게 말했다. '그가 사랑에 빠졌다면 그건 그의 문제야.'

그는 메달에 대해 물었다. 나는 그가 카페에서 나누었던 대화를 계속하길 원한다는 것을 알고 있었다. 하지만 나는 듣고 싶지 않은 말을 듣게 될까봐 두려웠다.

'그 얘긴 하지 않을 거야. 다신 그 얘길 꺼내지 않을 거야.'

하지만 그가 나를 사랑하는 게 진심이라면? 우리가 지금의 이 사랑을 좀더 깊은 무엇으로 변화시킬 수 있다고 생각하는 거라면?

'바보! 세상에 사랑보다 더 깊은 건 없어. 공주가 개구리에게 키스를 해서 개구리가 멋진 왕자로 변하는 것은 동화 속 얘기일 뿐이야. 현실 속에서는, 공주가 키스하는 순간 왕자는 개구리로 변해버리고 말아.'

삼십 분쯤 더 가서 우리는 예배당에 도착했다. 한 노인이 계단 위에 앉아 있었다. 다시 차를 타고 길을 떠나온 후로 처음 만나는 사람이었다. 가을도 이젠 거의 끝나가고 있었다. 밭은 다시 섭리의 손길에 맡겨졌다. 신은 그의 은총의 손길로 다시 땅을 비옥하게 만들고, 인간이 자신의 이마에 맺힌 땀방울에서 그 본질을 깨닫게 한다.

"안녕하세요."

그가 노인에게 말을 걸었다.

"이 마을 이름이 어떻게 됩니까?"

"산 마르틴 데 운스 San Martín de Unx라고 하네."

"운스라구요? 땅의 요정 이름 같네요!"

노인은 내 농담을 이해하지 못했다. 나는 실망하면서 예배당 입구 쪽으로 걸음을 옮겼다.

"어이!"

노인이 주의를 주었다.

"들어갈 수 없어. 정오에 문을 닫거든. 들어가고 싶으면 오후 네시에 다시 오게나."

하지만 예배당 문은 열려 있었다. 안은 뿌연 빛 탓인지 아무것도 보이지 않았지만.

"잠깐이면 돼요. 기도만 잠깐 할게요."

"글쎄, 문이 닫혔다니까."

그는 노인과 나의 대화를 듣고만 있었다.

"좋아요, 알았어요. 가자, 쓸데없이 입씨름할 필요는 없으니까."

그는 여전히 나를 뚫어지게 쳐다보고 있었다. 그러나 그의 시선은 공허했으며 먼 곳을 응시하는 것 같았다.

"예배당을 둘러보고 싶은 게 아니었어?"

그가 의아하다는듯 물었다. 그가 내 태도를 마음에 들어하지 않는다는 걸 안다. '그는 내가 무기력하고 비굴하며 원하는 걸 얻기 위해 싸울 줄도 모르는 사람이라고 생각하고 있어. 키스 없이도 공주가 개구리로 변해버렸군.'

"어제 일 기억나?" 내가 말했다. "넌 그때 맘대로 우리의 대화를 끝내버렸어. 나와 그것에 대해 언쟁하고 싶지 않다는 이유로 말야. 난 지금 어제 네가 한 것과 똑같은 결정을 내렸을 뿐이고. 그런데도 넌 그런 식으로 말하는구나."

노인은 우리의 대화를 덤덤하게 듣고 있었다. 아마도 그는 하루하루가 똑같기만 한 이런 외딴 곳에서 실제로 어떤 일이 그의 눈앞에서 일어나고 있다는 사실만으로도 만족할 것이다.

"문은 열려 있어요." 그는 노인을 향해 말했다. "원하신다면 돈을 좀 드리겠습니다. 제 여자친구가 안에 들어가보고 싶어하거든요."

"네시에 다시 오라고 말하지 않았나."

"어쩔 수 없군요. 어쨌든 우린 안으로 들어갑니다."

그는 내 팔을 잡더니 예배당 안으로 들어갔다.

심장이 터질 것처럼 쿵쾅거렸다. 노인이 심술을 부리거나 경찰을 부를지도 몰랐다. 그러면 우리 여행은 엉망이 되어버릴 것이다.

"왜 이런 짓을 하는 거야?"

"네가 보고 싶어하니까."

나는 너무나 흥분한 탓에 내면에 집중할 수 없었다. 그 언쟁, 나의 태도 때문에 우리의 완벽한 아침은 망가져버렸다.

나는 대신에 외부의 소리에 신경을 곤두세웠다. 노인이 경찰을 부르러 갈지도 모른다는 생각이 들었다. 무단 침입. 도둑들. 우린 금지된 일들을 저지르고 있었고, 법을 어기고 있었다. 노인은 예배당 문이 닫혔고 들어갈 수 있는 시간이 지났다고 했다. 그는 우리가 안으로 들어가는 걸 막을 힘조차 없는 불쌍한 노인이다. 경찰은 우리가 노인에게 무례하게 굴었던 것보다 더 가혹하게 우릴 다룰 것이다.

나는 내가 정말로 안에 들어와보고 싶어했다는 것을 확인시켜줄 수 있을 만큼 예배당 안에 머물렀다.

"그만 가."

심장이 너무 세게 고동치는 바람에 그 소리가 그에게 들릴까 두려웠다.

"겁먹지 마, 필라. 역할을 해내려고 애쓸 필요 없어."

나는 노인과의 문제를 그와의 문제로 확대시키고 싶지 않았다. 냉정을 유지해야 했다.

"역할을 해내다니, 그게 무슨 말이야?"

"항상 누군가와 전쟁을 해야 하는 사람들이 있어. 전쟁의 대상은 자기 자신이 되기도 하지. 자신의 삶과 전쟁을 하는 거야. 그들은 자기 머릿속에서 연극을 만들기 시작해. 그리고 자신들의 좌절에 대해 대본을 쓰는 거지."

"많은 사람들이 그렇다는 건 나도 알아. 네가 무슨 말을 하는지 알겠어."

"이런 경우에 가장 큰 불행은 자기 혼자서는 연극 한 편을 이끌어갈 수 없다는 거야. 그래서 그들은 자신의 연극에 다른 배역을 맡아줄 사람을 초대하지. 저 밖에 있는 노인이 바로 지금 그런 짓을 하고 있어. 그는 뭔가에 대해 복수하고 싶어해. 그래서 우릴 그 상대로 택한 거야. 만약 우리가 그의 말만 듣고 안에 들어와보지 않았더라면 지금쯤 후회하고 있을 거야. 그의 연극 속으로 끌려 들어가 그의 비참한 삶과 절망을 우리 것인 양 느끼면서 말야. 저 노인의 공격적인 태도는 쉽게 알아볼 수 있어. 그러니까 그의 연극에서 연기하는 걸 거절하는 것도 간단해. 저 노인말고도 자신들의 부당한 삶에 대해 불평하고 싶을 때, 우릴 초대하는 사람들이 많아. 자기들에게 동의해달라고, 충고를 해달라고, 함께 연극을 해보자고 말이야."

그는 나의 눈을 보며 말을 이었다.

"알았지? 이건 일단 시작하면 어떻게 해도 지는 게임이야."

그가 옳았다. 하지만 여전히 나는 예배당 안에 있는 것이 불안했다.

"기도 다 했어. 하고 싶었던 것도 다 했고. 이제 가도 되겠다."

우리는 밖으로 나왔다. 강렬한 햇살 때문에 잠시 눈앞이 보이지 않았다. 눈이 빛에 적응되자, 노인이 사라진 것을 알 수 있었다.

"점심이나 먹으러 가자."

그는 그렇게 말하고는 마을을 향해 걷기 시작했다.

나는 점심을 먹으면서 포도주를 두 잔 마셨다. 그렇게 해보기는 난생 처음이었다.

그는 레스토랑의 웨이터와 이야기를 나누고 있었다. 웨이터는 이 근방에 로마 시대의 유적지가 몇 군데 있다고 했다. 나는 그들의 대화를 듣는 척했지만, 마음속에서는 나 자신의 불쾌한 감정에 사로잡혀 있었다.

공주가 개구리로 변해버렸다. 그게 뭐 어때서? 내가 뭘 증명해야 되는 것도 아니잖아? 남자를 찾고 있던 것도 아니고, 더군다나 사랑을 찾던 중도 아니었어.

'이럴 줄 알았어. 이 남자가 내 세계를 송두리째 뒤흔들어버릴 줄 알았다구. 이성이 경고했었잖아? 그런데 마음이 머리의 충고

를 들으려 하지 않았어.'

나는 내가 얻은 사소한 것들을 위해 비싼 대가를 지불했다. 이제껏 내가 원하는 많은 것들을 옆으로 밀어놓았고, 내게 열려 있던 길들을 포기했다. 나는 평화로운 영혼이라는, 보다 큰 꿈을 위하여 수많은 다른 꿈들을 희생시켰다. 나는 그 평화를 포기하고 싶지 않았다.

"너 정말 긴장하고 있구나."

웨이터와 이야기를 나누던 그가 불쑥 내게 말했다.

"그래. 아까 그 노인이 경찰을 부르러 간 것 같아. 여긴 작은 마을이야. 우리가 어디 있는지 금방 찾아낼 거란 말야. 네가 이곳에서 점심을 먹자고 고집 부리는 바람에 휴가의 종지부를 여기서 찍게 될 것 같아."

그는 물잔을 빙글빙글 돌렸다. 그는 그것이 문제가 아님을 알고 있었다. 사실은 내가 부끄러워하고 있다는 것을. 우리는 왜 늘 이러고만 있는 것일까? 어째서 우리는 저 산과 들과 올리브나무들 대신 우리 눈 속의 작은 티끌만 보고 있는 것일까?

"들어봐." 그가 말했다. "그런 일은 일어나지 않을 거야. 그 노인은 집으로 갔고, 우리 일은 벌써 까맣게 잊어버렸어. 날 믿어."

나는 생각했다. '내가 긴장하고 있는 건 그것 때문이 아냐, 이 바보야!'

"먼저 네 마음의 소리에 귀를 기울여봐."

"그러고 있어, 그러고 있다구! 내 마음이 지금 떠나라고 하고 있어! 난 이곳이 싫어."

"낮에 술을 마시는 게 아니었어. 아무 도움도 안 되잖아."

그때까지만 해도 나는 자제하고 있었다. 하지만 이제 내 마음을 이야기해야 할 순간이었다.

"넌 네가 뭐든 다 안다고 생각하지? 마법의 순간이 어쩌고, 우리 마음속에 있는 어린아이가 어쩌고 하면서 말야…… 근데 난 말야, 난 네가 지금 내 옆에서 뭘 하고 있는지 모르겠어."

그는 웃었다. 그리고 말했다.

"난 널 보면서 감탄하고 있어. 네가 네 마음에서 자유로워지려고 싸우는 걸 보면서 말야."

"싸움이라구? 무슨 싸움?"

"아냐, 아무것도. 신경 쓰지 마."

하지만 난 그가 뭘 말하려는지 알고 있었다.

"웃기지 마. 네가 원한다면 난 얼마든지 그것에 대해 너와 얘기할 수 있어. 넌 내 감정을 착각한 거야."

그는 물잔을 만지작거리던 손을 멈추고 나를 응시했다.

"아니, 착각하지 않았어. 네가 날 사랑하지 않는다는 걸 알아."

그의 말은 나를 더욱 혼란스럽게 했다.

"하지만 난 네 사랑을 얻기 위해 계속 싸울 거야." 그가 말을 이었다. "삶에는, 얻기 위해 끝까지 싸울 만한 가치가 있는 것들이 있어."

나는 할말을 잃고 말았다.

"넌 그만큼의 가치가 있는 사람이야."

나는 그의 시선을 피했다. 그리고는 레스토랑의 실내장식에 관심이 있는 듯 여기저기 시선을 던졌다. 나는 이제껏 개구리가 된 듯한 기분에 사로잡혀 있었다. 그런데 갑자기 다시 공주가 되어버렸다. 나는 배와 어부가 그려진 그림을 보며 생각했다.

'그의 말을 믿고 싶어. 그런다고 달라지는 건 없겠지만 최소한 내가 이 정도로 약하고 가련하게 느껴지진 않겠지.'

"내가 너무 공격적이었다면 용서해줘."

내 말에 그는 싱긋 미소를 짓곤 웨이터를 불러 점심 값을 계산했다.

차로 돌아가는 동안 나는 또다시 혼란스러워졌다. 햇볕 때문일까? 아니, 이제는 가을이라 햇살은 뜨겁지 않았다. 그렇다면 ㄱ 노인 때문일까? 하지만 그는 벌써 오래 전에 사라져버렸지 않은가. 모든 것들이 나에게는 너무도 새로웠다. 새 신발을 신으면 발이 좀 아픈 법이다. 삶도 다르지 않다. 우리가 원치 않을 때, 그리고 필요치 않을 때도, 삶은 우리를 의외의 무언가로 사로잡아 미지의 세계를 향해 가도록 한다.

나는 주변 경치에 집중하려고 애썼다. 하지만 올리브나무 숲이나 언덕 위의 마을, 혹은 노인이 문을 지키고 있던 예배당도 눈에 들어오지 않았다. 그 모든 것들이 너무 낯설기만 했다.

지난밤의 취기와 그가 불렀던 노래가 떠올랐다.

부에노스아이레스의 밤에는 내가 모르는 게 있다네……
내가 아는 것은 무얼까?
너는 보았네, 내가 아레날레스 거리를 따라 너에게 가는 모습을.

어째서 그는 빌바오에서 부에노스아이레스의 밤에 대한 노래를 불렀을까? 내가 아레날레스 거리에 사는 것도 아니고. 내게 뭘 말하고 싶었던 걸까?

"어젯밤 네가 부른 노래는 무슨 노래야?"

"발라다 파라 운 로코(Balada para um louco)[1]. 근데 왜 지금에서야 그걸 묻지?"

"그냥."

---

1) 광인을 위한 발라드(원주).

하지만 이유가 있었다. 나는 그가 부른 노래가 일종의 함정이라는 것을 알고 있었다. 그는 내가 그 노랫말을, 시험을 보기 위해 단어를 외우는 것처럼, 외우기를 원했던 것이다. 그래서 그는 내가 아는 노래를 부를 수도 있었지만, 일부러 내가 모르는 노래를 선택했던 것이다.

그래서 먼 훗날 내가 라디오나 음반 가게에서 그 노래를 듣게 된다면, 나는 그와 빌바오를 떠올릴 테고, 내 생이 가을에서 봄으로 바뀌던 이 시간을 기억하게 될 것이다. 나는 그때의 짜릿함과 그때의 모험, 그리고 그때 우리 안에 있던 아이를 추억하게 될 것이다.

그는 모든 것을 염두에 두고 있었다. 그는 사려 깊고 노련했다. 그는 자신이 원하는 여자에게 구애하는 방법을 알고 있었다.

'이러다 미칠지도 몰라.' 나는 생각했다. '알코올 중독자가 다 됐나봐. 이틀 연속 과음을 하다니. 그는 모든 종류의 속임수들을 알고 있어. 나를 자기 맘대로 다루고, 달콤함으로 나를 지배하려 들고 있어.'

그는 식당에서 말했었다. "난 네가 네 마음에서 자유로워지려고 싸우는 걸 보며 감탄하고 있어."

하지만 그는 틀렸다. 난 오래 전에 내 마음과 전쟁을 치렀고, 그때 이미 내 마음을 이겼다. 나는 불가능한 것을 얻기 위해 내 열정을 바치지는 않을 것이다. 나는 내 한계와 내가 감당할 수 있는 고통의 정도를 알고 있었다.

자동차로 돌아가는 동안, 나는 그에게 뭔가 얘기해달라고 했다.

"뭘?"

"뭐든 말해줘."

그러자 그는 파티마에 발현한 동정녀 마리아에 대해 이야기하기 시작했다. 왜 그가 그 얘길 꺼냈는지 알 수 없지만, 마리아와 대화를 나눈 세 명의 양치기 이야기는 나에게 위안이 되었다.

조금씩, 내 마음은 평온해졌다. 그래, 난 내 한계를 알고 있고 나 자신을 통제할 줄도 알아.

우리는 한밤중에 도착했다. 우리가 있는 곳이 어딘지 분간하기도 어려울 정도로 짙은 안개가 드리워졌다. 작은 광장과 가로등이 어슴푸레하게 보였고, 노르스름한 불빛 속에 중세풍의 집들과 작은 샘이 드러났다.

"안개야!"

그가 흥분하며 소리쳤다. 나는 그가 왜 그렇게 흥분하는지 이해할 수 없었다.

"우리는 지금 생사뱅에 있어."

그 지명은 내게 아무런 의미도 없었다. 하지만 마침내 우리는 프랑스에 있었고, 그 사실만으로도 나는 흥분이 됐다.

"왜 여기야?"

"네게 팔고 싶은 집이 여기 있으니까." 그가 대답하고는 웃었다. "그리고 성모의 원죄 없으신 잉태 대축일에 이곳에 다시 오겠노라고 나 자신과 약속했으니까."

"여기에?"

"이 근처에."

그가 차를 세웠다. 차에서 내릴 때, 그는 내 손을 잡아주었다. 우리는 안개 속을 함께 걷기 시작했다.

"이곳은 전혀 예상치 못하게 내 삶의 일부가 되었어."

'너도 그랬어?' 나는 마음속으로 생각했다.

"이곳에 처음 왔을 때 나는 길을 잃었다고 생각했어. 하지만 사실은 이곳을 새롭게 발견한 것이었지."

"수수께끼 같은 말을 하는구나."

"이곳에서 나는 네가 내 삶에 얼마나 절실한 존재인지를 깨달았어."

나는 다시 주변을 둘러보았다. 정말이지 그를 이해할 수 없었다.

"그런데 그게 길을 잃은 것과 무슨 상관이야?"

"빈방을 빌릴 만한 집을 찾아보자. 호텔이 두 군데 있긴 한데 여름에만 문을 열거든. 방부터 찾고 나서 근사한 식당에서 저녁을 먹자. 아무것도 걱정할 필요 없어. 경찰이 올까 무서워할 필요도 없고, 차를 향해 뛰어갈 필요도 없지. 포도주를 마시면 말하기가 훨씬 수월할 테고, 그럼 우리는 오랫동안 얘기를 나누게 될 거야."

우리는 함께 웃었다. 나는 벌써 한결 편안해진 느낌이었다. 이곳까지 달려오는 동안 나는 내 머릿속에 있던 어리석음을 알게 됐다. 그리고 프랑스와 스페인을 가르는 산맥을 넘었을 때, 나는 내 영혼을 사로잡고 있는 두려움과 불안을 씻어내달라고 신에게 기도했다.

더이상 어린애처럼 굴고 있을 수만은 없었다. 나는 사랑이 무엇인지도 모른 채 불가능한 사랑 운운하는 다른 친구들처럼 행동하는 것이 지겨워졌다. 이런 식으로 계속한다면 그와 함께 보내는 짧은 며칠 동안에 얻은 좋은 것들을 놓쳐버릴지도 몰랐다.

'하지만 조심해!' 나는 생각했다. '댐에 생긴 조그만 틈새에 주의를 기울여야 해. 틈이 벌어지면 이 세상 무엇으로도 그걸 막아낼 수 없을 거야.'

"성모님, 우리를 지켜주소서."

그의 기도에 내가 침묵을 지키자, 그가 물었다.

"넌 왜 아멘이라고 하지 않니?"

"더이상 그게 중요하지 않다는 걸 알았으니까. 한때 종교가 내 삶의 일부였던 적이 있었지. 하지만 그 시절은 이미 지나가버렸어."

그는 몸을 돌려 차 쪽으로 걷기 시작했다.

"기도는 해." 나는 계속해서 말했다. "피레네 산맥을 넘는 동안에도 기도를 했어. 나도 모르게 기도를 하게 되더라. 하지만 내가 정말로 신앙을 갖고 있는지 확신이 서질 않아."

"어째서?"

"고통을 겪었기 때문이야. 하느님은 내 기도에 응답하지 않으셨어. 여러 번 진심을 다해 사랑하려고 했지만 번번이 내 사랑은 짓밟히거나 배신당했거든. 만일 하느님이 사랑이라면, 그는 내 감정을 좀더 염려해주었어야만 해."

"하느님은 사랑이셔. 하지만 이걸 가장 잘 이해하는 사람은 성모님이지."

나는 웃음을 터뜨렸다. 그리고는 눈을 돌려 그를 바라보았다. 그의 얼굴이 자못 심각했다. 농담이 아니었던 것이다.

"성모님은 모든 것을 다 내주는 신비를 정확히 이해했어. 당신 자신이 사랑하고 고통받았기에 우리를 고통으로부터 자유롭게 했지. 같은 방식으로 예수님은 우리를 죄로부터 구원하셨고."

"예수는 하느님의 아들이야. 마리아는 단지 당신의 자궁에 예수를 받아들였던 한 여인에 불과해."

나는 무례하게 웃었던 것에 대해 해명하고, 그의 신앙을 존중한다는 것을 이해시키고 싶었다. 그러나 신앙과 사랑은 다투지 않는다. 더구나 이렇게 예쁘고 작은 마을에서라면 더욱이 그렇지.

그는 차 문을 열고 우리 가방들을 내렸다. 내가 내 가방을 들려 하자, 그는 미소를 지으며 말했다.

"네 가방을 들게 해줘."

'내가 이런 대접을 받는 게 대체 얼마 만이지?'

우리는 첫번째 집의 문을 두드렸다. 하지만 여주인은 방이 없다고 했다. 두번째 집에서는 아무 대답도 없었다. 세번째 집에선 친절한 노인이 우리를 맞았다. 하지만 그곳엔 이인용 침대 하나뿐이었다. 나는 싫다고 했다.

"좀더 큰 마을로 가는 게 어떨까?"

그 집을 나오면서 내가 제안했다.

"방을 구할 수 있을 거야. 그런데 너 혹시 다른 사람이 되어보는 연습이라고 알아? 백년쯤 전에 씌어진 이야기의 일부인데, 그걸 쓴 사람은……"

"그게 누군지 관심 없어, 어서 이야기나 해봐."

생사뺑 광장을 걸어가고 있는 건 우리 두 사람뿐이었다.

한 사내가 오래 전부터 알던 친구를 만났어. 평생 자기 길을 찾을 수 없을 것 같던 친구였지. '이 친구에게 돈을 좀 줘야지', 사내는 생각했어. 하지만 옛 친구는 부자가 되어 있었고, 실은 오래 전에 사내에게 졌던 큰 빚을 갚기 위해 그를 찾고 있었다는 것을 알게 된 거야.

그들은 예전에 자주 갔던 술집에 갔어. 옛 친구는 술집에 있는 모든 사람들에게 술을 한 잔씩 돌렸지. 사람들은 그가 어떻게 성공하게 되었는지 궁금해했어. 그러자 그는 자신이 몇 년 전까지만 해도 다른 사람으로 살고 있었다고 대답하는 거야. 사람들이 물었어.

"다른 사람으로 산다는 게 뭐요?"

그가 대답했어.

"그 다른 사람은 내가 어떤 사람이어야 하는지 가르치죠. 하지만 그는 내가 아닙니다. 그는 우리가 나이 들어 굶주리지 않기 위해서 어떻게 하면 많은 돈을 벌 수 있을까 평생 궁리하는 것이 우리의 의무라고 믿지요. 언제나 돈 벌 궁리를 하고 계획을 세우다 보면, 결국 이 지상에서의 날들이 끝났을 때에야 비로소 우리가 살아 있다는 걸 발견하게 됩니다. 하지만 그땐 이미 늦은 거지요."

"그럼 당신은? 당신은 누구요?"

"난 그저 자신의 내면에서 들려오는 소리에 귀 기울이는 사람들 가운데 하나일 뿐이죠. 삶의 신비에 매혹된 사람들, 기적을 향해 열려 있는 사람들은 자신들이 하고 있는 일에서 기쁨과 열정을 경험하죠. 그러나 실망하는 것을 두려워하는 내 안의 다른 사람은 나로 하여금 아무것도 실행에 옮기지 못하게 합니다."

"하지만 삶에는 고통이 따르게 마련 아니오."

듣고 있던 사람들 가운데 누군가가 말했어.

"좌절도 있지요. 누구도 그걸 피할 수는 없습니다. 하지만 자신의 꿈을 위한 싸움에서 뭔가를 잃는 편이, 자신이 뭘 위해 싸우는지도 모르는 채 좌절하는 것보단 훨씬 낫겠지요."

"그게 다요?"

다른 누군가가 물었어.

"그래요. 이게 전부입니다. 내가 이걸 깨달았을 때, 나는 내가 늘 되고 싶었던 바로 그 사람이 되기로 마음먹었습니다. 내 안의 다른 사람은 방 한쪽 구석에 서 있었죠, 나를 지켜보면서 말이죠. 하지만 난 그가 내 안으로 다시 들어오는 것만은 결코 허락하지 않았어요. 비록 그가 나를 겁주고 미래에 대해서 염려하지 않는 것은 위험스러운 일이라고 경고했지만 말이죠. 내가 내 생에서 그 다른 사람을 몰아낸 그 순간부터 신성한 힘이 기적을 행하기 시작했습니다."

'그는 이 이야기를 지어낸 게 분명해. 아름다운 이야기지만, 사실은 아닐 거야.'

하룻밤 묵을 집을 찾는 동안 나는 이렇게 생각했다. 마을에는 다 해봐야 서른 채 정도의 집밖에 없었다. 좀더 큰 마을로 가야 하지 않을까 생각했지만, 그는 그곳을 떠나려 하지 않았.

그는 열정에 가득 찬 사람이었으며 오래 전에 자기 안의 타인을 몰아낸 사람이었음에도, 생사뺑의 주민들은 그의 꿈이 그곳에서 하룻밤 묵어가는 것이라는 걸 알지 못했다. 그런데 그가 이야기를 하는 동안, 나는 그가 나에 대해 이야기하고 있는 게 아닐까 생각하게 되었다. 두려움이라든지 나 자신에 대한 신념의 결여 같은 것들, 내일이면 모두 끝나버릴지도 모르는, 그래서 결국 괴로

위할 게 뻔하기 때문에 아름다운 것들을 외면하는 내게 그는 그 이야기를 들려준 것이다.

신들은 주사위를 던진다. 그들은 우리에게 게임에 참여하고 싶은지 묻지 않는다. 우리가 사랑하는 이와 헤어질 때, 가족과 이별할 때, 직장을 그만둘 때, 꿈이 좌절당할 때, 어디로 가야 하는지 그들은 상관하지 않는다. 그들은 하잘것없는 욕망으로 가득 찬 우리의 삶을 조롱한다. 모든 것들을 한 손에 쥐게 되든, 그중 하나라도 얻기 위해 노동과 인내를 감수해야 하든, 그들은 신경 쓰지 않는다. 우리가 무엇을 계획하고 있는지, 우리가 무엇을 바라고 있는지 염두에 두지 않는다. 그들은 그저 주사위를 던질 뿐이다. 그리고 우연히, 당신이 선택될 수도 있다. 바로 그 순간부터, 이기든 지든 모든 것이 운일 뿐이다.

신들은 주사위를 던지고, 사랑을 새장(鳥籠) 밖으로 풀어준다. 사랑의 힘은 창조할 수도 있고 파괴할 수도 있다. 문제는 그것이 풀려났을 때 불어온 바람의 방향이다.

바람은 잠시 유리한 방향으로 불기도 한다. 하지만 바람은 신들 못지않게 변덕스럽다. 나는 내 마음속 깊은 곳에서 돌풍이 일기 시작하는 것을 느꼈다.

운명은 나에게 그가 들려준 타인 이야기가 진실임을 보여주려는 듯했다. 우주는 늘 꿈꾸는 자를 위해 음모를 꾸미는 법이다. 우리는 하룻밤 묵어갈 침대 두 개가 있는 방을 구했다. 나는 우선 샤워부터 했고 빨래를 했다. 그리고는 새로 산 셔츠를 입었다. 기분이 상쾌해지자 마음이 놓였다.

"만약 내 안에 다른 사람이 산다고 해도 이 티셔츠를 좋아하지는 않을걸."

나는 웃으면서 중얼거렸다.

가을에서 겨울까지는 식당도 문을 닫기 때문에 우리는 집주인 부부와 저녁을 먹었다. 식사가 끝나자, 그는 주인 부부에게 포도주 한 병을 얻을 수 있겠냐고 물었다. 주인 부부에게 내일 한 병을 사주겠다고 약속하고, 우리는 코트를 입고 잔을 두 개 빌려서 밖으로 나갔다.

"샘 옆에 앉자."

내가 제안했다. 우리는 그곳에 앉아 추위를 잊고 긴장을 풀기 위해 포도주를 마셨다.

"네 안의 타인이 다시 부활했나보구나. 기분이 안 좋은 것 같네."

나는 농담을 했다. 그는 그저 웃기만 했다.

"방을 찾게 될 거라고 했잖아. 우린 해냈어. 우주는 항상 우리의 꿈을 위해 싸울 수 있도록 도와주지. 그 꿈이 아무리 어리석게 보일지라도. 왜냐하면 그 꿈들은 우리들의 꿈이고, 그 꿈들의 가치를 아는 건 우리 자신밖에 없거든."

가로등의 노르스름한 불빛이 짙은 안개에 걸려 광장의 맞은편조차 보이지 않았다.

나는 숨을 깊이 들이마셨다. 이제 더이상 미룰 수가 없었다.

"우리는 사랑에 대해서 얘기하기로 했어." 내가 말을 꺼냈다. "더이상 피할 순 없잖아. 요즘 내가 어떻게 살았는지 넌 알고 있어. 나라면 그런 이야기는 절대 하지 않았을 거야. 하지만 이미 엎질러진 물이고, 난 계속 그것만 생각하게 됐어."

"사랑에 빠진다는 건 위험한 짓이지."

"나도 알아. 난 사랑을 해봤어. 그건 마약과도 같아. 처음엔 누군가에게 자신의 모든 걸 바치는 것에 행복을 느끼지. 하지만 다음날이면 그보다 더 많은 걸 바라게 돼. 여기까지는 아직 중독 상태라고 할 수 없어. 그 감정을 즐기는 정도지. 여전히 자신을 통제할 수 있다고 믿으면서 말야. 처음에는 이 분 동안 그 사람을 생각하고, 세 시간 동안 잊고 있지. 하지만 차츰 그 사람에게 익숙해져서 전적으로 의존하게 되면, 그때는 어떻게 되는지 알아? 세 시간 생각하고 이 분 동안 잊는 거야. 곁에 없으면 마약 중독자처럼 불안해지지. 그래서 중독자들처럼 필요한 약을 얻기 위해 도둑질을 하고 스스로를 굴욕감에 빠지게 만드는 행동을 하게 돼. 사랑을 위해서라면 뭐든 다 하게 되는 거야."

"그건 너무 끔찍한 비유야!"

그가 소리쳤다. 정말이지 끔찍한 비유였다. 중세풍의 집들에 둘러싸인 광장과 샘과 포도주에는 전혀 어울리지 않는. 하지만 그건 사실이었다. 만일 그가 사랑을 위해 그토록 많은 일들을 하려 든다면, 그가 감수해야 할 위험에 대해서도 정확히 알 필요가 있었다.

"그러니까 우리는 곁에 가까이 머물 수 있는 사람만을 사랑해야 해."

나의 결론이었다. 그는 오랫동안 안개 속을 응시하고 있었다.

그는 우리가 사랑에 관한 대화의 위험스러운 물살을 헤쳐나가길 원하지 않는 듯했다. 나는 몹시 힘들었지만 다른 방법이 없었다.

'다 정리됐어.' 난 스스로에게 다짐했다. '우리가 함께 했던 지난 사흘은. 게다가 난 사흘 내내 똑같은 옷만 입었으니 그의 마음을 바꿔놓은 게 틀림없어.'

자존심에 약간의 상처는 입었지만 내 마음은 진정되었다.

'이게 정말로 네가 원하던 거야?'

나는 자문했다. 그리고 사랑의 바람이 몰고 온 폭풍을 감지하기 시작했다. 댐에 금이 가고 있었다.

우리는 심각한 얘기는 묻어둔 채 술을 마셨다. 우리가 묵는 집 주인 부부에 대해서 얘기했고, 이 마을을 세웠다는 성자에 대해서도 얘기했다. 그는 광장 맞은편 교회에 얽힌 몇 가지 전설을 얘기해주었다.

"너 심란하구나."

어느 순간 그가 말했다.

그랬다. 내 마음은 몹시 방황하고 있었다. 그 순간 내게 마음의 평화를 가져다줄 사람과 함께 있고 싶었다. 내일이면 잃게 될지도 모른다는 두려움을 주지 않는 그런 사람과 함께. 그런 확신이 있다면, 시간이 조금은 천천히 흐를 텐데. 함께 할 남은 생애 동안의 대화를 기약하면, 지금은 잠시 침묵해도 좋을 텐데. 심각한 문제에 대해 걱정하지 않아도 되고, 어려운 선택이나 힘든 말들을 해야 할 필요도 없을 텐데.

우리는 침묵 속에 앉아 있었다. 그것은 하나의 징조였다. 그가 포도주 한 병을 더 구해오려고 일어섰을 때, 나는 처음으로 우리가 아무 할말도 없다는 사실을 깨달았다.

정적이 감돌았다. 나는 샘으로 돌아오는 그의 발소리를 들었다. 우리는 벌써 한 시간 이상 그곳에 앉아 포도주를 마시며 안개를 바라보고 있었다.

그토록 오랜 시간 침묵을 지키고 있기는 처음이었다. 그것은 마드리드에서 빌바오로 오는 자동차 여행 동안의 불편한 침묵과는 달랐다. 산 마르틴 데 운스의 예배당에서 느꼈던 불안한 침묵도 아니었다.

그것은 스스로 말하는 침묵, 서로에게 설명해야 할 필요가 없다고 말해주는 침묵이었다.

그의 발소리가 멈췄다. 그는 물끄러미 나를 바라보고 있었다. 그가 보았던 것은 아름다운 풍경이었으리라. 샘가에 앉아 있는 여인, 안개 낀 밤, 희미한 가로등 불빛.

중세풍의 집들, 11세기에 지어진 교회, 그리고 침묵.

내가 입을 연 건, 두번째 병에 포도주가 반쯤 남았을 때였다.

"오늘 아침, 나는 내가 알코올 중독자가 됐다는 사실을 인정했어. 아침부터 밤까지 계속 마시기만 했잖아. 지난 사흘간 마신 술이 작년에 마신 술 전부를 합친 것보다 더 많을 거야."

그는 말없이 내게로 손을 뻗어 머리칼을 쓸어주었다. 내 머리칼을 만지는 그의 부드러운 손길을 느꼈지만 뿌리치지 않았다. 나는 그에게 부탁했다.

"네 얘기 좀 해봐."

"얘기할 만한 게 없어. 내 길은 항상 거기 있었고, 당당한 길로 갈 수 있다면 난 뭐든 해."

"어떤 게 너의 길인데?"

"사랑을 찾는 사람의 길."

그는 거의 비어가는 포도주병을 만지작거리며 잠시 머뭇거렸다. 그리고 결론을 내리듯 덧붙였다.

"사랑의 길은 정말로 복잡하지."

"그 길이 우릴 천국으로 이끌 수도 있고, 지옥으로 이끌 수도 있기 때문에?"

그의 말에는 우리의 관계가 암시되어 있는지도 몰랐다.

그는 입을 다물었다. 어쩌면 그는 아직도 깊은 침묵의 바다에 가라앉아 있는지도 몰랐다. 하지만 내 혀는 포도주 때문에 풀려 있었고, 나에겐 할말이 있었다.

"넌 이 도시에 네 길을 바꿔버린 뭔가가 있다고 했어."

"그래, 그렇다고 생각해. 하지만 아직 확신이 서진 않아. 그래서 널 이곳으로 데려온 거야."

"그럼 이게 일종의 테스트란 말야?"

"아니. 이건 믿음에 따른 행동이야. 그래야만 내가 올바른 선택을 할 수 있도록 도와줄 테니까."

"누가?"

"성모님."

성모 마리아라니! 미리 알아챘어야 했는데. 그 많은 세월을 여행하고, 배우고, 새로운 세계를 발견했음에도, 그는 여전히 어린

아이의 가톨릭 신앙에서 벗어나지 못했던 것이다. 최소한 이 문제에 관한 한, 내 친구들과 나는 많은 발전을 한 셈이다. 우리는 더이상 원죄의식에 짓눌려 살지는 않았다.

"그렇게 많은 일을 겪었으면서도 여전히 신앙심을 간직하고 있다니, 어쨌든 놀라운 일이다."

"간직하지 못했어. 잃어버렸었는데, 다시 되찾은 거지."

"성모 마리아에 대한 신앙? 아니면 불가능한 것들과 환상에 대한 신앙? 넌 아직 성관계를 가져본 적도 없지?"

"글쎄, 나도 정상적인 남자라고만 해두지. 나 역시 많은 여인들과 사랑에 빠졌었으니까."

놀랍게도, 그 말을 듣는 순간, 나는 질투심으로 숨이 막히는 듯했다. 하지만 내 마음속에서 벌어지던 싸움은 이미 진정된 것 같았고 다시 시작하고 싶은 마음은 추호도 없었다.

"왜 성모 마리아는 하필 동정녀야? 어째서 평범한 다른 여자들과 같은 모습으로 나타나지 않는 거지?"

그는 병에 남아 있던 포도주 몇 방울을 입 안에 털어넣고는 또 한 병을 구해올까 하고 물었다.

"내가 원하는 건 네 대답이야. 우리가 어떤 것에 대해 대화를 시작할 때마다 너는 뭔가 다른 것에 대해 말하려고 하잖아."

"성모 마리아도 다른 여자들과 똑같았어. 그녀에게는 다른 자식들이 있었지. 성경에도 예수님에게 두 명의 형제가 있었다고 나와 있어. 예수님과 관련된 마리아의 동정성은 다른 거야. 그녀로 인해 새로운 은총의 시대가 열렸다고나 할까. 그녀는 천국을 향해 열려 있고, 그녀 스스로 수태함을 허락하는 우주의 신부이자 어머니 대지야. 그녀는 놀라운 용기로 자신의 운명을 받아들여 하느님이 이 지상으로 강림하게 했어. 그리고 그녀 자신은 대지의 여신이 되었지."

난 그가 정확히 뭘 말하고 있는지 이해하지 못했다. 그도 그걸 눈치챘다.

"성모는 신의 여성적 면모야. 그녀는 그녀 자신의 신성을 갖고 있어."

그렇게 말하는 그는 긴장한 것처럼 보였다. 마치 누군가의 강요를 받아 말하고 있는 것 같았고, 죄의식을 느끼는 듯했다. 나는 그에게 물었다.

"여신 말이니?"

나는 잠시 동안 그가 좀더 자세한 설명을 해주길 기다렸다. 하지만 그는 더는 말을 잇지 못했다. 나는 그의 가톨릭 신앙에 대해 생각했다. 그가 방금 쏟아낸 말들은 신성모독 같았다.

"대체 성모 마리아가 누구야? 여신이 뭔지 말해봐."

나는 화제를 돌리지 않았다.

"그걸 설명하기는 간단치 않아." 점점 더 불편한 기색을 보이며 그가 말했다. "그 주제에 대해 내가 쓴 글이 있는데, 원한다면 보여줄게."

"지금 당장 읽고 싶진 않아. 네가 설명해주길 원해."

그는 포도주병을 찾았지만, 병은 비어 있었다. 어째서 우리가 다른 곳이 아닌 샘으로 오게 됐는지는 기억하지 못했다. 공기에서 뭔가 중요한 것이 느껴졌다. 마치 그의 말이 서서히 기적을 일으키는 것 같았다.

"계속해봐."

나는 그를 다그쳤다.

"물은 그녀의 상징이야. 우리를 둘러싸고 있는 이 안개도 물이지. 여신은 물을 통해서 그 모습을 드러내."

그 말과 동시에 갑자기 안개가 마치 생명을 갖고 있는 것처럼, 신성을 띠고 있는 것처럼 보이기 시작했다. 비록 그가 하려는 말이 뭔지 정확히 이해할 수는 없었지만.

"너에게 역사에 대해 설명하고 싶진 않아. 물론 네가 알고 싶다면, 내가 갖고 있는 책을 빌려줄 수 있어. 하지만 네가 분명하게 알아야 할 것은, 그녀가 지구상의 모든 종교에 모습을 드러낸다는 거야. 여신, 성모 마리아, 유대교의 셰키나, 어머니 대지, 이시스, 소피아, 노예이자 주인인 여인의 모습으로. 그녀는 잊혀졌고,

금지되었으며, 사람들은 그녀의 모습을 바꿔버렸지. 하지만 그녀를 위한 제의는 세기를 이어가며 계속되고 있고, 오늘날까지도 여전히 살아 있어. 신의 다양한 면모들 가운데 하나가 바로 여성의 면모야."

나는 그의 얼굴을 자세히 들여다보았다. 그의 눈은 빛을 발하며 우리를 감싸고 있는 안개 너머 깊은 곳을 응시하고 있었다. 이제 그를 재촉할 필요가 없었다.

"그녀는 성경의 첫번째 장에서부터 모습을 드러내고 있어. 물 위를 맴돌던 신은 물과 하늘이 섞여 있는 것을 보고, 하늘 위의 물과 하늘 아래의 물로 나누지.* 이게 바로 하늘과 땅의 신비로운 결혼이야. 그녀는 또 성경의 맨 마지막 장에도 나오지.

······성령과 신부가 말씀하시기를 오라 하시는도다
듣는 자도 오라 할 것이요
목마른 자도 오라 할 것이요
또 원하는 자는 값 없이 생명수를 받으라 하시더라.**"

"그럼 물이 신의 여성적인 면모를 상징하는 이유는 뭐야?"

---

* 「창세기」 1장 9절.
** 「요한 계시록」 22장 17절.

"나도 몰라. 하지만 그녀는 대부분 물을 자신을 드러내는 수단으로 사용해. 아마도 물이 생명의 원천이기 때문이겠지. 인류의 기원은 물이었고, 우리는 생에서 적어도 아홉 달 동안을 물 속에서 보내잖아. 물은 여성의 힘을 상징하지. 아무리 완벽하고 깨달은 자라 할지라도 물의 힘을 이기는 남자는 없어."

그는 잠시 숨을 고른 뒤 말을 이어나갔다.

"모든 종교와 전통 속에서 그녀는 끊임없이 모습을 바꾸면서 우리 앞에 나타나고 있어. 언제나 모습을 드러내지. 나는 가톨릭 신자니까, 그녀를 성모 마리아로 보는 거고."

그는 내 손을 잡고 생사뱅 거리를 오 분 정도 걸었다. 우리는 길 한쪽에 서 있는 기둥 꼭대기에 얹은 독특한 조각상을 지났다. 그 조각상은, 마치 그의 말에 부응하기라도 하듯, 예수가 태어난 구유 옆에 있는 마리아 상이 새겨진 십자가였다.

이제 어둠과 안개가 완전히 우리를 감쌌다. 나는 어머니의 자궁 속, 물 속에 잠겨들었다. 그곳엔 시간도 생각도 존재하지 않았다. 그가 말한 모든 것의 의미가 또렷해지기 시작했다. 나는 그를 다시 만난 첫 강연회에서 보았던 여인을 기억해냈다. 그리고 나를 광장으로 이끌었던 젊은 여자애를 생각했다. 그애 역시 물이 여신의 상징이라고 했다.

"여기서 이십 킬로미터쯤 떨어진 곳에 동굴이 있어."

그가 말했다.

"1858년 2월 11일, 한 어린 소녀가 두 명의 다른 여자애들과 함께 동굴 근처에서 건초를 쌓아올리고 있었어.

몸이 약한 그 아이는 천식을 앓으며, 비참한 가난 속에서 살고 있었어. 그 겨울날, 아이는 작은 개울을 건너야 했는데 몹시 두려움을 느꼈어. 물에 젖기라도 했다간 병에 걸릴 게 분명했거든. 소녀가 양치기를 해서 벌어들이는 몇 푼의 돈이 소녀의 가족에겐 긴하게 쓰였어.

그때 흰옷을 입고 발에 황금빛 장미 두 송이를 단 여인이 소녀 앞에 나타났어. 소녀는 그 여인이 마치 공주님 같다고 생각했지. 여인은 소녀에게 그 장소에 자주 와주지 않겠느냐고 물었어. 그리곤 사라져버렸지. 넋을 잃은 소녀를 본 다른 두 아이들은 자신들이 본 장면을 사람들에게 말했고, 소문은 빠르게 퍼져나갔어.

이 소문은 소녀에게 오랫동안 커다란 시련을 안겨주었지. 소녀는 붙잡혀가서 모두 부인하라는 협박을 받았어. 그런가 하면 사람들은 소녀에게 돈을 쥐어주며 자신들의 소원을 들어줄 영을 불러내달라고 부탁했지. 나중엔 소녀의 가족들이 사람들에게 모욕을 당했어. 사람들은 소녀가 관심을 끌기 위해 이야기를 지어냈다고 생각했거든.

소녀의 이름은 베르나데트였어. 그녀는 자신이 본 것을 전혀 이해하지 못했어. 소녀는 자신에게 나타나는 여인을 '그것'이라고 불렀어. 걱정스러워진 부모가 교구 주임신부를 찾아가 도움을 청했지. 신부는 베르나데트에게 말했어. 의문의 여인을 또 만나게 되면 이름을 물어보라고 말야.

베르나데트가 이름을 묻자, 여인은 부드러운 미소로만 응답했어. 여인은 열여덟 번에 걸쳐 소녀 앞에 나타났는데, 대부분은 아무 말도 하지 않았어. 그런데 한번은 여인이 소녀에게 땅에 입을 맞추라고 했어. 베르나데트는 영문도 모르면서 여인이 시키는 대로 했지. 또 한번은 여인이 베르나데트에게 동굴 바닥에 구멍을 파라고 했어. 소녀가 구멍을 파자마자 그 안에는 더러운 물이 고였지. 그 근방에서 돼지를 치고 있었거든.

'그 물을 마시거라.' 여인이 말했어.

베르나데트는 손으로 물을 떴지만 너무나 더러워서 입에 가져가기도 전에 세 번이나 그걸 쏟아버리고 말았어. 구역질이 날 지경이었지만 결국 소녀는 그 물을 마셨지. 그후로 웅덩이에는 끊이지 않고 물이 고였어. 어떤 남자는 그 물 몇 방울을 얼굴에 적시고 시력을 되찾았어. 기온이 영하로 떨어진 어느 추운 겨울날, 갓 낳은 아기가 죽어가자 절망한 여인이 아이를 샘물에 담갔어. 아기는 다시 살아났지.

차츰 소문이 퍼져나갔어. 수천 명의 사람들이 그 샘을 찾아오기 시작했지. 소녀는 계속해서 여인에게 이름을 물었지만, 여인은 그저 웃기만 했어. 그러던 어느 날, 베르나데트 앞에 나타난 그 환영이 말했지.

'나는 원죄 없는 잉태란다.'

그 말을 들은 소녀는 너무나 기쁜 나머지 교구 주임신부에게 달려갔지. 신부가 말했어.

'얘야, 그건 불가능하단다. 세상에 나무이면서 동시에 열매인 것은 없어. 그곳으로 다시 가서 그녀에게 성수를 부어주거라.'

신부의 생각으로는, 태초부터 스스로 존재할 수 있는 건 오직 신뿐이거든. 그리고 사람들이 흔히 말하듯 신은 남자라고 생각했어."

거기까지 말하고 나서 그는 한참 동안 침묵했다.

"베르나데트는 여인에게 성수를 뿌렸어. 환영은 그저 부드럽게 미소만 짓고 말 뿐이었지.

7월 16일, 여인이 마지막으로 모습을 드러냈어. 베르나데트가 막 수녀원에 들어간 직후였지. 소녀는 자신이 동굴 근처 작은 마을의 운명을 완전히 바꿔버렸다는 사실을 알지 못했지. 샘물은 계속 솟아나왔고, 기적은 끊임없이 이어졌어.

프랑스 전역으로 퍼져나간 그 이야기는 마침내 전 세계에 알려지게 됐지. 마을은 점점 번창하고 변하기 시작했어. 어디서나 사업이 번성했고 호텔들이 들어섰지. 베르나데트는 죽어서 마을에서 멀지 않은 곳에 묻혔지만, 어떤 일이 일어났는지는 결코 알지 못했어.

그 당시 바티칸은 발현(發現)을 인정하고 있었는데, 기독교에 대해 부정적인 말을 하기 좋아하는 사람들은 가짜 기적들을 찾아내선 폭로하기 시작했어. 교회는 강하게 반발했지. 그리고 언제부턴가 의학과 과학 전문가들로 이루어진 위원회의 엄격한 검증으로도 설명되지 않는 특정한 현상들만 기적으로 받아들여지게 됐지.

하지만 물은 계속 솟아나고 치유의 기적은 계속되고 있어."

근처에서 무슨 소리가 들리는 듯했다. 나는 무서웠지만 그는 움직이지 않았다. 안개는 이제 생명을 얻고 자신의 이야기를 하고 있었다. 나는 그가 해준 모든 이야기를 곰곰이 생각했다. 그는 어떻게 이 모든 것을 알게 되었을까?

나는 신의 여성적 면모에 대해 생각했다. 내 옆에 있는 남자의 영혼은 모순으로 가득 차 있었다. 얼마 전까지만 해도 내게 가톨릭 수도회에 들어가고 싶다는 편지를 보냈던 그는 이제 신이 갖고 있는 여성적 면모를 이야기하고 있었다.

그는 말이 없었다. 나는 여전히 시간과 공간을 초월한 대지의 어머니의 자궁 속에 있는 듯한 느낌이었다. 베르나데트의 이야기가 안개를 타고 내 눈앞에서 펼쳐지는 것 같았다.

그가 다시 입을 열었다.

"그런데 베르나데트가 몰랐던 두 가지 중요한 사실이 있어. 첫

째는, 기독교가 들어오기 전에 이 근방에 켈트족이 살고 있었다는 거야. 그들에게는 여신이 가장 중요한 숭배의 대상이었지. 그들은 대대로 신의 여성적 면모를 이해했고, 그녀의 사랑과 영광을 함께 나눴어."

"그럼 두번째는?"

"둘째는, 베르나데트가 그 환영을 보기 직전에 바티칸의 고위 성직자들이 비밀리에 만났다는 거야. 사실 그 회합에서 어떤 일이 일어났는지는 참석자 외에는 아무도 모른다고 보면 돼. 여하튼 루르드의 주임신부가 그 일에 대해 아무것도 몰랐던 것만은 틀림없지. 당시 가톨릭의 최고 성직자들은 무염시태를 정설로 승인할 것인가를 두고 고심하고 있었어. 결국 교황은 칙서에서 그것을 '지극히 숭고한 신성'으로 인정했지. 하지만 일반 대중은 이것이 정확히 뭘 의미하는지 알지 못했어."

"그러니까 이 이야기를 통해 네가 하려는 말이 뭐야?"

"나는 성모 마리아의 제자야. 나는 그분을 통해서 배웠어."

그는 마치 자신이 알고 있는 지식의 원천이 그녀라고 말하고 있는 듯했다.

"그럼 넌 그녀를 봤단 말이야?"

"그래."

우리는 광장으로 돌아와 교회 쪽을 향해 걸었다. 가로등 불빛 속에서 샘이 보였다. 샘가에는 포도주병과 잔 두 개가 놓여 있었다. 나는 생각했다. '사랑하는 연인이 저기 있었어. 그들은 침묵 속에서 마음으로 이야기했지. 해야 할 말을 모두 하고 난 뒤에 그들은 거대한 신비를 나누기 시작했어.'

이번에도 우리는 사랑에 대해 이야기하지 않았다. 아무래도 좋았다. 나는 뭔가 심각한 사태에 직면하고 있음을 느꼈다. 난 가능한 이해해야 했다. 잠시 동안 나는 공부와 사라고사를 생각했다. 그리고 내 삶을 함께 하기를 바라는 남자에 대해 생각했다. 그러나 그 모든 것들은 생사뱅을 떠도는 안개에 가려져 아득히 멀어져갔다.

"내게 베르나데트의 이야기를 해준 이유가 뭐야?"

"왠지는 나도 잘 몰라."

그는 나를 똑바로 보지 않은 채 대답했다.

"어쩌면 우리가 루르드에서 그리 멀지 않은 곳에 있기 때문일지도 모르지.* 아니면 내일이 성모의 원죄 없으신 잉태 대축일이기 때문일지도 모르고. 그도 아니라면, 내 세계가 그다지 외롭지도 광적인 곳도 아니라는 걸 네게 보여주고 싶었기 때문일 거야. 타인들이 내 세계의 일부를 차지하기도 해. 그들은 나의 믿음을 공유하고 있어."

"난 네 세계가 광적인 곳이라고 말한 적 없어. 어쩌면 미친 건 나일지도 몰라. 난 내가 너무 잘 알고 있는 장소에서 날 벗어나지 못하게 하는 공부 따위에 내 생애에서 가장 값진 시기를 낭비했으니까."

그는 내가 자신을 이해했다는 사실에 안도하는 듯했다.

나는 그가 여신에 대해 좀더 이야기하길 기대했지만, 그는 내게 몸을 돌리며 말했다.

"자러 가자. 우린 너무 많이 마셨어."

---

*성녀 베르나데트의 일화는 루르드를 배경으로 하고 있다. 루르드의 마사비엘 동굴에는 성모가 발현했다는 기적의 샘이 있어 순례지로 유명하다.

1993년 12월 7일, 화요일

 그는 곧바로 잠이 들었다. 하지만 나는 안개와 포도주 그리고 우리가 나눴던 대화를 생각하며 오래 잠들지 못했다. 그가 건넨 원고를 읽고 나는 행복을 느꼈다. 신이 참으로 존재한다면 그는 아버지이자 어머니였다.

 나는 불을 끄고 자리에 누워 샘가에서의 침묵을 곰곰 생각했다. 우리가 말이 없던 그 순간, 나는 그를 얼마나 가깝게 느끼고 있었던가.

 우리는 아무 말이 없었다. 사랑에 대해 말한다는 것은 덧없는 일이었다. 사랑은 자신의 목소리를 가지고 있다. 사랑은 스스로 말한다. 그날 저녁, 그곳에서의 침묵은 우리의 마음을 가깝게 하고, 서로를 보다 잘 이해할 수 있게 해주었다. 내 마음은 그의 마음이 하는 말을 듣고 있었고, 그것은 행복이었다.

잠들기 전에, 나는 그가 '다른 사람이 되어보는 연습'이라고 불렀던 것을 해보기로 마음먹었다. '나는 지금 이 방에 있어. 익숙한 모든 것들로부터 멀리 떨어진 채로, 이제껏 내가 한 번도 관심을 가져본 적이 없는 것들에 대해 말하고, 전에 한 번도 와보지 않은 곳에서 하룻밤을 보내고 있어. 최소한 몇 분간만이라도 내가 다른 사람인 것처럼 행동할 수는 있겠지.'

나는 지금 이 순간 내가 살고 싶은 모습을 상상하기 시작했다. 나는 쾌활하고 호기심 많고 기쁨으로 가득한 사람이고 싶었다. 매순간을 치열하게 살고, 갈증으로 타는 목을 생명의 물로 식히는 사람이기를 원했다. 내 꿈을 다시 믿고, 내가 원하는 것을 위해 싸울 수 있는 사람이 되고 싶었다.

나를 사랑하는 남자를 사랑하는 내 모습.

그래, 그게 바로 내가 되고 싶은 여자였다. 그 여자는 불현듯 모습을 드러내더니, 내가 되었다.

신앙을 잃어버렸던 내 영혼이 신, 혹은 여신의 빛 속에 잠겨 있음을 나는 느꼈다. 그 순간 내 안에 있던 그 여인이 내 몸을 떠나, 그 작은 방의 한쪽 구석으로 갔다.

오랫동안 나였던 그 여인, 강한 인상을 주기 위해 노력했던 약한 그 여인을 바라보았다. 그녀는 모든 것에 두려움을 갖고 있었지만, 스스로에게 그것은 두려움이 아니라 현실을 직시하는 지혜라고 말하고 있었다. 그 지혜는 햇빛이 들어오는 창문 앞에 버티고 서서 창을 모두 가려버렸다. 그녀는 자신의 방에 있는 오래된 가구의 빛이 바래는 것을 원치 않았다.

그녀는 구석에 앉아 있었다. 그녀는 부서지기 쉽고, 몹시 지쳤으며, 환멸감을 느끼고 있었다. 그녀는 언제나 자유로워야 할 감정을 통제하고 가두려 애썼고, 과거에 겪었던 고통의 잣대로 다가올 미래의 사랑을 판단하려 들었다.

하지만 사랑은 늘 새롭다. 생에 한 번을 겪든 두 번을 겪든 혹은 열 번을 겪든 사랑은 늘 우리를 예측할 수 없는 상황에 빠지게 한다. 사랑은 우리를 지옥에 떨어뜨릴 수도 있고, 천국으로 보낼 수도 있다. 사랑은 늘 어딘가로 우리를 인도한다. 우리는 그저 그걸 받아들일 뿐이다. 왜냐하면 사랑은 우리를 존재하게 하는 자양분이기 때문이다. 만일 우리가 생명의 나무에 매달린 열매를 따기 위해 손을 뻗을 용기가 없어서 그걸 피한다면, 우리는 굶주림으로 죽게 될 것이다. 사랑이 있는 곳이라면 어디든 찾아 나서야 한다. 비록 그것이 몇 시간, 혹은 며칠, 몇 주에 이르는 실망과 슬픔을 뜻한다 해도. 우리가 사랑을 구하는 순간, 사랑 역시 우리를 찾아 나서기 때문이다.

그리고 그것이 우리를 구원한다.

내 안의 다른 사람이 내게서 떠나갔을 때, 내 마음은 다시 한번 내게 말을 걸어왔다. 둑의 갈라진 틈으로 이미 물이 새어나오고, 바람이 사방에서 불어대고 있다고 속삭였다. 나는 행복했다. 왜냐하면 내가 다시 내 마음의 소리에 귀 기울이고 있기 때문이다.

내 마음은 내가 사랑에 빠졌다고 말했다. 나는 입가에 미소를 띤 채 잠이 들었다.

잠에서 깨어났을 때, 그는 창문을 열어두고 멀리 산을 응시하고 있었다. 그가 돌아보면 나는 다시 눈을 감을 준비를 하고 말없이 그를 지켜보았다.

그는 벌써 다 알고 있다는 듯, 나를 돌아보며 말했다.

"잘 잤니?"

"응. 창문 좀 닫아줘. 추워."

그때 내 안의 다른 사람이 아무런 예고도 없이 다시 돌아왔다. 그녀는 여전히 바람의 방향을 바꾸려고, 문제점들을 찾아내려 애쓰고 있었다. 그녀는 내게 아니라고, 불가능한 일이니 포기하라고 말하려 했다. 하지만 벌써 늦었다는 걸 그녀는 알고 있었다.

"옷을 좀 입어야겠어."

"아래층에서 기다릴게."

나는 또다른 나를 머릿속에서 떨쳐내고 자리에서 일어났다. 그리고는 창문을 다시 열어 햇살이 방 안으로 들어오게 했다. 모든 것들이, 눈 덮인 산과 마른풀을 안은 대지와 어제는 보지 못했던 강이 햇빛 속에 잠겨 있었다.

햇살은 나를 감싸안고 내 벗은 몸을 따뜻하게 했다. 더이상 춥지 않았다. 나는 열기로 다 타버렸다. 작은 불씨 하나가 불꽃이 되었고, 불꽃은 활활 타오르는 장작이 되었다. 그 장작의 불을 끄는 건 불가능했다. 나는 그 사실을 잘 알고 있었다.

그리고 난 그걸 원하고 있었다.

알고 있었다. 지금 이 순간부터 나는 천국과 지옥, 환희와 고통, 꿈과 절망을 모두 경험하게 되리라는 것을. 더이상 내 영혼의 숨겨진 구석으로부터 불어오는 바람에 저항할 수 없었다. 이제부터는 사랑이 날 인도할 것이다. 그것은 내가 처음으로 사랑을 느꼈던 어린 시절 이후로 줄곧 나를 이끌었다. 그것을 위해 싸우는 것이 가치 없는 일이라고 생각될 때에조차 나는 사랑을 잊어본 적이 결코 없었다. 그러나 사랑은 어려웠고, 나는 그 안으로 들어서기를 망설여왔다.

나는 소리아의 광장을 떠올렸다. 잃어버린 메달을 그에게 찾아

달라고 부탁했던 순간을 기억해냈다. 그때 나는 그가 무슨 말을 할지 알고 있었지만 그걸 듣고 싶지 않았다. 그는 언젠가 모험과 부, 그리고 꿈을 찾아 떠나갈 사람이었다. 그리고 몸과 마음이 아직 어렸던 나는 언젠가 매력적인 왕자가 찾아올 것이라는 불가능한 사랑을 꿈꾸고 있었다.

나는 이제껏 내가 사랑에 대해 아무것도 몰랐다는 사실을 깨달았다. 강연장에서 그를 보았을 때, 그리고 그의 초대를 받아들였을 때, 나는 성숙한 여인이라면 오랫동안 찾고 있던 왕자님을 잊지 못하는 소녀와도 같은 마음을 숨길 수 있으리라고 여겼다. 그리고 그가 우리 모두의 마음속에 있는 아이에 대해서 얘기했을 때, 나는 사랑하고 잃는 것을 두려워하는 공주였던 내 어린 시절의 목소리를 다시 들었다.

나흘 동안, 나는 마음의 소리를 무시하려 애썼다. 하지만 그 소리는 점점 더 커졌고 결국 내 안의 다른 사람을 절망에 빠뜨렸다. 내 영혼의 가장 깊숙한 구석에는 여전히 진짜 내가 존재했고, 나는 아직도 꿈을 믿고 있었던 것이다. 내 안의 다른 사람이 뭐라 말을 꺼내기도 전에, 나는 그와 함께 달리기로 결심했다. 내 안이 다른 사람이 뭐라 말하기도 전에 나는 그와의 여행을 받아들였고, 그것이 가져올 위험까지도 감수할 준비가 되어 있었다.

그랬기 때문에, 내 안의 아주 작은 부분이 여전히 살아 있었기 때문에, 나를 찾아 사방을 헤매던 사랑이 결국 나를 찾아냈다. 사랑은 내 안의 다른 사람이 사라고사의 조용한 거리에 지어놓았던 편견과 아집과 교과서라는 새장을 부수고 나를 발견했던 것이다.

나는 창문과 함께 내 마음도 열었다. 햇살이 방 안으로 홍수처럼 밀려들었다. 내 영혼은 사랑으로 범람하고 있었다.

몇 시간 동안 우리는 아침도 먹지 않은 채 눈 내리는 길을 배회했다. 우리는 이름 모를 작은 마을에서 아침을 먹었다. 마을의 중앙 광장에는 뱀과 비둘기가 한 몸을 이루고 있는 상상동물 조각상이 늘어선 근사한 분수가 있었다.

 그걸 본 그는 미소를 지으며 말했다.

 "저건 남성성과 여성성이 하나의 피조물 속에 결합된 것을 상징하는 거야."

 "어제 네가 했던 얘기, 전에는 한 번도 생각해본 적 없는 것이었어. 하지만 이제는 이해가 돼."

 "그리하여 신은 남자와 여자를 창조하셨노라." 그는 창세기를 인용하면서 말했다. "왜냐하면 남자와 여자가 신의 형상에 가장 가깝기 때문이지."

나는 그의 눈 속에 새로운 섬광이 지나가는 것을 보았다. 그는 행복해했다. 소소한 것들에도 웃음을 터뜨렸다. 그는 길에서 만난 몇몇 사람들, 회색 작업복 차림으로 들에 나가는 농부들, 짙은 원색의 옷을 입고 등반에 나선 등산객들과도 편하게 이야기를 나누었다. 프랑스어를 잘 할 줄 모르는 나는 입을 다물고 있었지만, 내 영혼은 그의 모습을 지켜보는 것만으로도 기뻐하고 있었다. 그의 기쁨은 그와 대화를 나누는 모든 사람들 또한 미소짓게 했다. 어쩌면 그는 깨달았는지도 모른다. 이제는 내가 그를 사랑하고 있음을, 비록 내가 아직도 그의 오래된 친구인 것처럼 행동하고 있지만, 사실은 그를 사랑하고 있음을.

"너 행복해 보여."

내가 말했다.

"난 늘 꿈꿔왔어, 이곳에서 너와 함께 있었으면 하고. 너와 함께 저 산을 걷고 태양이 키워낸 황금빛 열매들을 수확하는 꿈을 꿨지."

"하지만 네가 행복한 데에는 또다른 이유도 있어."

내가 덧붙였다.

"그게 뭔데?"

"넌 내가 행복하다는 걸 알아. 내가 오늘 이곳에 있게 한 건 너야. 교과서와 노트들로 가득한 산에서 멀리 떨어져, 지금 여기서 진실의 산을 오르게 한 것도 너고. 네가 날 행복하게 만들었어. 행복이란 나눌 때 배가 되거든."

"너, 다른 사람이 되어보는 연습을 했구나?"

"응. 어떻게 알았니?"

"너도 변했으니까. 사람들은 항상 가장 적절한 시기에 그 연습을 하게 되거든."

내 안의 타인은 그 아침 내내 나를 뒤쫓았다. 그녀는 내게 다가오려고 안간힘을 썼다. 하지만 시간이 흐를수록 그녀의 목소리는 약해졌고, 모습은 희미해졌다. 마치 괴물이 먼지가 되어 흩어져 버리는 흡혈귀 영화에서처럼.

교차로에서 우리는 성모상이 새겨진 십자가 기둥을 지나쳤다.

"무슨 생각 해?"

그가 내게 물었다.

"흡혈귀. 밤의 피조물, 자기 안에 감금된 자. 필사적으로 동반자를 찾지만 사랑이 불가능한 자들. 그런 것들."

"그래서 전설에는, 그런 것들을 없애기 위해 심장에 말뚝을 박았지. 그러면 마음이 깨어나, 사랑의 에너지가 해방되고 악이 파괴되니까."

"전에는 한 번도 생각해본 적이 없었는데, 이제는 이해가 돼."

나는 말뚝을 박는 데 성공했다. 내 심장은 온갖 저주들로부터 벗어나 만물을 받아들였다. 내 안에 있던 타인은 더이상 자신의 자리를 주장할 수 없게 되었다.

나는 수천 번이나 그의 손을 잡고 싶었지만, 수천 번을 망설였다. 난 아직도 혼란스러웠다. 그에게 사랑한다고 말하고 싶었지만 어떻게 말을 꺼내야 할지 알 수 없었다.

우리는 산과 강에 대해 이야기했다. 한 시간 가까이 숲속에서 길을 헤매다가 오솔길 하나를 발견했다. 우리는 샌드위치를 먹고 눈을 녹여 목을 축였다. 해가 저물기 시작할 무렵 우리는 생사뱅으로 돌아가기로 했다.

우리의 발소리가 돌벽에 부딪쳐 메아리를 만들었다.

교회 입구에서 나는 본능적으로 성수에 손을 담그고 성호를 그었다. 그리고는 문득 성수가 여신의 상징이라는 것을 떠올렸다.

"안으로 들어가자."

그가 말했다.

우리는 어둡고 텅 빈 건물 안으로 들어갔다. 1세기 초에 살았던 은둔성자 사뱅은 예배당의 중앙 제단 밑에 안치되어 있었다. 교회의 내벽들은 수차례 무너졌다가 재건되었다.

어떤 장소들은 전쟁과 박해, 그리고 무관심으로 상처를 입기도 한다. 하지만 그것들은 여전히 성소로 남아 있다. 결국은 누군가가 나타나서 그 장소가 잃어버린 뭔가를 감지하고 그걸 다시 채워

넣는다.

나는 십자가상을 보면서 기분이 이상해졌다. 예수의 머리가 나를 따라 움직이는 것 같은 착각이 들었다.

"여기 서봐."

우리는 성모의 제단 앞에 섰다.

"저길 봐."

마리아는 품에 아들을 안고 있었고, 아기 예수는 위를 가리키고 있었다.

"저걸 유심히 살펴봐."

그가 시키는 대로 금박과 받침대, 그리고 모포의 주름까지 공들여 조각한 숙련공의 마무리가 돋보이는 나무 조각을 구석구석 세심하게 관찰했다. 그리고 나서 아기 예수의 손가락을 보았을 때, 비로소 나는 알 수 있었다.

마리아가 자신의 팔에 그를 안고 있었지만, 그녀를 지탱해주고 있는 것은 바로 아기 예수였다. 하늘을 향해 뻗은 아기의 팔이 마리아를 천국으로 들어올려 그녀의 신랑이 머무는 처소로 돌아가게 해주리라는 것을 상징하고 있었던 것이다.

"육백 년 전에 이 조각상을 만든 장인은 자신이 표현하고자 하는 바가 뭔지를 알고 있었어."

그때 나무바닥을 걷는 발걸음 소리가 들렸다. 한 여인이 예배당 안으로 들어와 중앙 제단 앞에 있는 초에 불을 붙였다. 우리는 그녀가 기도를 드리는 동안 침묵을 지켰다.

'사랑은 결코 조금씩 오지 않아.'

나는 동정녀 마리아에 대한 명상에 잠겨 있는 그를 바라보며 생각했다. 어제까지만 해도 세계는 사랑 없이도 존재했다. 하지만 이젠 사물의 다양한 빛을 발견하기 위해 사랑이 필요했다.

기도를 마친 여인이 떠나자, 그가 입을 열었다.

"그 장인은 어머니 대지, 여신, 신의 자비로운 면모를 알고 있었어. 넌 내가 대답할 수 없었던 것들을 계속해서 물어왔지. 내가 어디서 이 모든 것들을 배웠느냐고 말야."

그랬다. 나는 그에게 그렇게 물었고, 그는 이미 내게 대답했다. 하지만 나는 아무 말도 하지 않았다.

"사실 나는 이 상을 만든 장인이 배운 것처럼 그것들을 배웠어. 저 하늘 높은 곳의 사랑을 받아들였고 그것이 나를 인도하도록 내 맡겼지. 내가 전에 네게 썼던 편지 기억할 거야. 신학교에 들어가고 싶다고 말했잖아. 네게 말은 안 했지만, 사실은 들어갔어."

그 말을 듣자, 빌바오에서 강연이 시작되기 전에 우리가 나눴던 대화가 생각났다. 내 심장박동이 점점 빨라지고 있었다. 나는 성모상에 시선을 고정시키려고 애썼다. 그녀는 미소짓고 있었다.

'그럴 순 없어. 넌 들어갔지만 다시 나온 거야. 제발 신학교를

떠났다고 말해줘.'

"나는 이미 힘겨운 나날들을 보냈어."

그는 내가 무슨 생각을 하고 있는지 짐작하지 못한 채 말을 계속했다.

"나는 사람들을 만났고, 여러 나라를 돌아다녔어. 사방으로 하느님을 찾았지. 여자들과 사랑에 빠지기도 했고, 갖가지 다른 일들도 해봤어."

나는 또 한번 숨이 막히는 듯했다.

'내 안의 타인이 되돌아오지 않도록 해야만 해.'

나는 미소짓고 있는 마리아의 얼굴에 시선을 고정시키고 마음속으로 중얼거렸다.

"삶의 신비가 나를 사로잡았어. 난 그걸 더 잘 이해하고 싶었어. 누군가, 대답을 알고 있다고 말해줄 그곳을 찾아 헤맸지. 인도도 가보고 이집트도 가봤어. 마법과 명상의 달인들도 만나봤어. 연금술사와 사제들의 곁에서도 머물렀지. 그리고 결국 나는 내가 찾고 있던 것을 발견했어. 그것은 믿음이 있는 곳에 진실이 있다는 사실이야."

나는 다시 한번 교회 안과 내 주위를 둘러보았다. 마모된 돌들, 수차례에 걸쳐 무너지고 다시 복원된 곳. 무엇이 인간으로 하여금 이렇게 작은 사원을, 그것도 이렇게 외딴 산 속에 그리도 악착

스레 짓고 또 짓게 만들었을까?

신앙이었다.

"불교도들은 옳아. 힌두교도들도 옳고. 아메리카 인디언들도 옳아. 이슬람교도들도 유대교도들과 마찬가지로 옳고. 믿음의 길을 따르기만 한다면, 진심으로 그걸 따른다면, 누구든 신과 하나가 되어 기적을 행할 수 있어. 매순간 진실한 마음으로 따르는 신앙의 길을 통해 인간은 신과 하나가 되고, 기적을 행할 수 있게 되는 것이지. 하지만 단지 그걸 아는 건 아무런 소용이 없어. 선택해야만 해. 나는 가톨릭을 선택했어. 내가 그 안에서 자라왔으니까. 그리고 나의 유년기도 그 신비 속에서 잉태되었지. 만일 내가 유태인으로 태어났다면 난 유대교를 택했을 거야. 비록 수천 가지 다른 이름으로 불리지만, 신은 한 분이셔. 그분께 기도 드리기 위해 이름을 고를 뿐이지."

예배당 안으로 또다시 발소리가 울렸다.

한 사내가 다가오더니 우리를 물끄러미 쳐다보았다. 그리고는 몸을 돌려서 중앙 제단 쪽으로 다가가 두 개의 촛대를 향해 손을 뻗었다. 지난번 예배당 앞의 노인과 나눴던 대화가 떠올랐다.

"오늘밤 약속이 있어."

사내가 자리를 떴을 때 그가 말했다.

"아까 하던 말을 계속해봐. 화제를 돌리지 말고."

"내가 들어간 신학교는 여기서 멀지 않은 곳에 있어. 사 년 동안 난 내가 배울 수 있는 모든 걸 배웠지. 그 기간 동안 나는 정화 수도회와 카리스마 수도회, 그리고 어떤 특별한 정신적 체험에 대해서 오랫동안 닫혀 있던 문을 열고자 노력하는 다양한 종파들과 만났어. 그들을 통해 나는 신이 어린 시절 나를 종종 겁나게 만들었던 이야기책 속의 무서운 괴물이 아니라는 사실을 알게 됐어. 그건 기독교의 본질적인 순수함으로 돌아가려는 움직임이야."

"그러니까 네 말은, 이천 년이나 지난 뒤에야 그들이 결국 예수를 교회의 일부로 받아들여야 한다는 사실을 깨달았다는 거니?"

나는 약간 빈정거리듯 말했다.

"넌 지금 농담처럼 얘기했지만, 정확히 바로 그거야. 나는 한 수도원장과 공부를 시작했지. 그분은 내게 성령과 계시의 불꽃을 받아들여야 한다고 가르치셨어."

그 말을 듣는 순간, 내 심장은 멈춰버렸다. 마리아는 계속 미소를 짓고 있었고, 아기 예수 역시 기쁨에 가득 찬 얼굴이었다. 나도 한때는 그런 믿음 속에서 살았다. 하지만 그건 오래 전의 일이었다. 시간이 흐르고, 나이를 먹고, 논리적이고 현실적인 사람이라는 느낌을 갖게 된 후로 나는 종교로부터 멀어졌다. 나는 내가 얼마나 자주 천사와 기적을 믿었던 어린 시절의 신앙심을 회복하고 싶었는지를 깨달았다. 하지만 그건 단순히 의지만으로 되돌릴 수 있는 게 아니었다.

"수도원장님은 말씀하셨어. '만약 당신이 믿는다면, 결국엔 알게 될 것입니다.' 나는 개인 기도실에 들어갈 때마다 기도했어. 성령이 내 앞에 모습을 드러내시고 내가 알아야 할 것들을 가르쳐 주시길 말야. 그러면서 나는 조금씩 깨닫게 됐어. 내가 기도를 할 때마다 더욱 지혜로우신 목소리가 내가 알아야 할 것들을 이야기하신다는 것을."

"나도 그런 경험을 했어."

나는 그의 말을 자르며 불쑥 말했다.

그는 내가 계속하길 기다렸다. 하지만 난 더는 말할 수 없었다.

"계속해."

내 혀는 굳어버렸다. 그는 자기 의사를 그토록 아름답게 표현하는데, 나는 나 자신을 정확하게 말할 수조차 없었다.

"네 안의 타인이 돌아오려고 하는구나. 네 안의 타인은, 바보 같은 소리로 들릴까봐 말하는 걸 두려워해."

그는 마치 내가 무슨 생각을 하고 있는지 짐작하기라도 한 듯 말했다.

"그래."

나는 두려움을 이기려 애쓰며 말을 이었다.

"가끔 다른 사람과 얘기하거나 내가 하는 말에 흥분이 될 때면,

나는 전에 한 번도 말해본 적이 없는 뭔가를 얘기하고 있는 나 자신을 발견하곤 해. 그러면 마치 난 내가 아니라 아주 지적인 어떤 사람, 삶에 대해 나보다 훨씬 더 많이 이해하고 있는 사람으로 변신이라도 한 것 같아. 하지만 그런 일은 드물어. 보통 무슨 얘길 하든 난 듣는 게 더 좋아. 나는 항상 내가 뭔가 새로운 것을 배우고 있다는 느낌이야. 비록 그 순간이 지나고 나면 전부 잊어버리고 말지만."

"가장 경이로운 건 우리 자신이야. 아주 작은 겨자씨 같은 믿음도 우리로 하여금 저기에 있는 산을 움직이게 하지. 그게 바로 내가 배운 거야. 나도 나 자신이 하는 말에 놀라고 있어. 예수의 열두 제자들은 어부였고, 글자도 읽을 줄 몰랐어. 하지만 그들은 천국으로부터 내려온 성령의 불꽃을 받아들였던 거야. 그들은 자신들의 무지를 부끄러워하지 않았어. 그들은 성령 안에서 믿음을 갖고 있었지. 이 선물은 그것을 받고자 하는 자에게 주어지는 거야. 단지 믿고, 받아들이고, 실수를 두려워하지만 않으면 되는 거라고."

성모는 나를 향해 미소짓고 있었다. 그녀는 눈물을 흘려야 마땅할 텐데도 웃고 있었다.

"네 얘길 계속해봐."

나는 그에게 부탁했다.

"이게 다야. 그 선물을 받아들여. 그리고 나면 그것이 스스로 나타나게 될 거야."

"그런 식으로는 되지 않아."

"내 말을 이해하지 못했구나?"

"아니, 이해했어. 하지만 나도 남들과 다를 바 없어. 나는 두려워. 너와 네 이웃에게는 그게 가능한 일인지도 몰라. 하지만 나한텐 아냐."

"어느 날인가는 바뀔 거야. 우리도 저 앞에서 우릴 바라보고 있는 저 어린아이와 똑같다는 것을 깨닫게 되는 순간이 올 테니까."

"그래, 하지만 그때까지 우리는 계속해서 생각하겠지. 빛에 가까워지고 있지만 정작 우리 자신의 불꽃을 빛나게 할 수는 없을 거라는 생각 말야."

그는 대답하지 않았다.

"신학교에서 보낸 시절의 이야기를 마저 해줘."

잠시 후 내가 말했다.

"난 아직도 거기 소속돼 있어."

내가 미처 반응을 보이기도 전에, 그는 자리에서 일어나 예배당 중앙으로 걸음을 옮겼다.

나는 움직일 수 없었다. 머릿속이 빙글빙글 도는 듯했다. 무슨 일이 일어났는지 이해가 되지 않았다. 아직 신학교에 소속되어 있다고!

차라리 생각하지 않는 편이 나았다. 둑은 무너졌고, 사랑은 이미 내 영혼 위로 흘러넘쳤고, 나로서는 그걸 통제할 길이 없었다. 이제 내가 의지할 것은 내 안의 타인뿐. 약했기에 괴로웠고, 두려움에 휩싸여 있었기에 냉정했던 타인뿐이었다. 하지만 이제는 내 안의 타인이 되고 싶지 않았다. 더이상은 타인의 눈으로 생을 바라볼 수 없었다.

어떤 소리가 내 생각을 방해했다. 신경을 거스르는 날카롭고 끈질긴 소리, 그것은 거대한 피리 소리와도 같았다. 심장이 마구 뛰었다.

이번엔 다른 소리였다. 또다른 소리도 들렸다. 나는 뒤를 돌아보았다. 조악하게 만들어진 강단으로 이어지는 나무 계단이 눈에 들어왔다. 그것은 돌로 지어진 성당의 서늘한 아름다움과는 어울리지 않았다. 강단 위에는 낡은 오르간이 있었다.

그는 거기 있었다. 성당 안이 어두워 얼굴은 보이지 않았지만, 나는 그가 거기 있다는 것을 알 수 있었다.

자리에서 일어서려는데, 그가 나를 불렀다.

"필라!"

그의 목소리는 감동으로 가득했다.

"그냥 거기 있어."

나는 시키는 대로 했다.

"어머니 대지께서 내게 영감을 불어넣어주실 것 같아. 어쩌면 음악이 이날을 위한 나의 기도인지도 모르지!"

그는 〈아베 마리아〉를 연주하기 시작했다. 오후 여섯시쯤 되었을 것이다. 삼종기도 시간이었고, 빛과 어둠이 섞이는 시간이었다. 오르간 소리가 텅 빈 성당 안에 울려퍼져 지난 역사와 신앙이 새겨진 돌과 조각상에 녹아들었다. 나는 눈을 감고, 그 음악이 내 안으로 흘러들어와 내 영혼의 두려움과 잘못들을 씻어내게 했다. 그리하여 내가 믿는 것보다 나는 괜찮은 사람이고, 내가 생각하는 것보다 강한 사람이라는 것을 기억해낼 수 있었다.

신앙의 길을 벗어난 이후 처음으로 나는 기도하고 싶다는 강한 열망에 사로잡혔다. 비록 나는 의자에 앉아 있었지만, 내 영혼은 성모 앞에 무릎을 꿇고 있었다. 나를 이곳으로 이끈, '아니요'라고 말할 수도 있었던 순간 '예'라고 대답했던 그 여인 앞에. 그랬더라면, 천사는 그녀 아닌 다른 사람을 찾았을지도 모른다. 그래도 하느님은 그녀에게 죄를 묻지 않았으리라. 하느님은 그의 어린양의 마음 깊은 곳의 나약함을 잘 알고 있기 때문이다. 하지만 그녀는 이렇게 대답했다.

그대로 제게 이루어지이다

천사의 말을 들음과 동시에, 자신의 운명이 겪을 고통과 번민을 느끼게 되었음에도, 사랑하는 아들이 집을 떠나고 아들을 따르는 자들이 그를 부정하게 되리라는 것을 마음의 눈으로 보았음에도 그녀는 이렇게 대답했다.

그대로 제게 이루어지이다

그리고 한 여인으로서 삶의 가장 성스러운 순간조차 그녀는 가축들에 섞여 외양간에서 아이를 낳았다. 성서가 그것을 요구했기에 그녀는 대답했다.

그대로 제게 이루어지이다

그녀는 수심에 가득 차 잃어버린 아들을 찾아다녔으며, 성전에서 그를 발견했다. 그러나 아들은 자신이 행해야 할 다른 의무들과 임무들이 있었기에 그녀에게 간섭하지 말라고 했다. 그래도 그녀는 대답했다.

그대로 제게 이루어지이다

그녀는 자신이 남은 날들 동안 아들을 찾아다니게 되고, 그녀의 마음이 비수에 찔린 듯 아플 것이며, 생의 매순간 그가 박해받고 위협당하리라는 것을 알면서도 대답했다.

그대로 제게 이루어지이다

군중 속에서 자신의 아들과 만났을 때, 그의 곁에 가까이 다가

갈 수 없었지만 그녀는 대답했다.

그대로 제게 이루어지이다

누군가에게 자신이 그곳에 있다는 사실을 아들에게 알려달라고 부탁했을 때, 아들로부터 "내 어머니와 형제들은 여기 이곳에 함께 있는 자들입니다"라는 말을 들었을 뿐이지만 그녀는 대답했다.

그대로 제게 이루어지이다

마지막 순간, 모든 사람들이 자취를 감추고 많은 사람들 중 오직 한 여인만이 그녀와 함께 십자가 밑에 남아 적들의 비웃음과 친구들의 비겁함을 견뎌야 했을 때도 그녀는 대답했다.

그대로 제게 이루어지이다

주여, 주의 뜻이 그대로 제게 이루어지이다. 당신께서는 당신의 어린양들의 나약함을 알고 계시기에 그들이 견뎌낼 수 있을 만한 고통만을 주십니다. 당신은 제 사랑을 이해하십니다. 오직 그것만이 제가 온전히 저의 것으로 가지고 있는 것이며, 오직 그것만이 제가 다음 생까지 저의 것으로 가져갈 수 있는 것이기 때문입니다. 제 사랑이 용기 있고 순수할 수 있도록 허락해주소서. 제발 그것이 파멸되지 않으며, 세상의 덫에 걸리지 않고 살아남을 수 있도록 도와주소서.

오르간 연주가 멈추자, 모두가 마치 하나의 손에 따라 움직였던 것처럼 태양도 산 너머로 자취를 감췄다. 음악은 그의 기도였고, 그의 기도를 주는 들으셨다. 나는 눈을 떴다. 예배당 안은 성모상을 비추고 있는 외로운 촛불 한 개를 제외하고는 완전히 어둠 속에 잠겨 있었다.

내가 앉아 있는 곳으로 되돌아오는 그의 발소리가 들렸다. 작은 초 하나가 뿜어내는 불빛이 내 눈물과 미소를 비췄다. 나의 미소는 마리아의 미소만큼 아름답지는 않았으리라. 하지만 그 미소는 내 마음이 살아 있음을 보여주었다.

그는 나를 물끄러미 바라보았다. 나도 그를 마주 보았다. 나는 그를 향해 팔을 뻗어, 그의 손을 잡았다. 그의 심장이 빠르게 고동치기 시작했다. 정적 속에서 나는 그걸 들을 수 있었다.

그러나 내 영혼은 고요했고, 내 마음은 평화로웠다.

나는 그의 손을 잡았고, 그는 나를 품에 안았다. 우리가 얼마나 오랫동안 성모 마리아의 발치에 서 있었는지 알 수 없었다. 시간은 멈춰 있었다.

성모가 우리를 내려다보고 있었다. 아직 어린 나이에 자신의 운명을 향해 '예'라고 대답하신 분. 그 여인은 여신의 사랑으로 하느님의 아들을 자신의 뱃속에 받아들이고자 하셨다. 그녀는 그것을 이해하고 있었다.

나는 아무것도 묻고 싶지 않았다. 예배당 안에서 보냈던 그 저녁나절은 우리의 여행을 가치 있는 것으로 만들었다. 그와 함께했던 지난 나흘은 거의 아무런 일도 일어나지 않았던 한 해를 완전히 채우고도 남았다.

그것이 내가 아무것도 묻고 싶지 않은 이유였다. 우리는 손을 잡은 채 그곳을 나와 숙소까지 걸었다. 신학교, 대지의 여신, 그날 밤늦게 그가 누굴 만나기로 했다는 사실들이 두서없이 떠오르면서 현기증이 일었다.

나는 우리의 영혼이 하나의 운명으로 결합하길 바라고 있다는 것을 깨달았다. 하지만 신학교와 사라고사가 그걸 가로막고 있었다. 가슴이 미어지는 것 같았다. 나는 주변의 중세풍 집들과 지난밤 우리가 앉아 있었던 샘을 둘러보았다. 나는 한때 나 자신이었던 타인의 슬픔과 침묵을 떠올렸다.

하느님이신 주여, 저는 지금 제 믿음을 회복하기 위해 애쓰고 있습니다. 제발 이 여행 도중에 저를 버리지 마소서. 나는 두려움을 멀리 물리치며 간절히 기도했다.

그는 짧은 잠에 들었지만, 나는 어두워진 창문을 바라보며 깨어 있었다. 그리고 나서 우리는 자리에서 일어나 집주인 가족과 함께 저녁식사를 했다. 식탁에서 그들은 한마디도 하지 않았다. 그는 현관 열쇠를 얻을 수 있는지 물었다.

"저희는 오늘밤 늦게 돌아올 겁니다."

그가 부탁하자, 여주인은 대답했다.

"젊은이들은 젊음을 즐겨야지. 맘껏 축제의 즐거움을 누려봐요."

"물어볼 게 있어."

차 안에서 내가 말을 꺼냈다.

"이제껏 피하려고 했는데 이젠 물어봐야겠어."

"신학교?"

'그래, 맞아. 난 이해할 수가 없어. 그게 뭔지 이해하는 게 더 이상 중요하지 않지만 말야.' 내 마음이 그렇게 대답하고 있었다.

"난 항상 널 사랑했어. 다른 여자들이 있었지만, 언제나 널 사랑했어. 메달을 간직했고 언젠가는 네게 그걸 주게 되리라고 믿었어. '사랑해'라고 말할 용기가 생기게 될 거라고 믿었지. 내가 걸었던 모든 길은 네게로 이어졌어. 난 네게 편지를 썼고, 네가 누군가를 만났다는 말이 있을까 조마조마해하면서 네 편지를 열었지. 그런데 내가 영적인 삶으로부터 부름을 받은 거야. 아니, 내가 그 부름에 응했다고 말하는 게 좋겠다. 그건 어렸을 때부터 내 곁에 있었으니까. 나는 내 삶에서 신이 아주 중요하다는 사실을 깨닫게 되었고, 내 소명을 받아들이지 않는다면 행복할 수 없다는 것을 알게 됐어. 난 여행중에 만난 모든 가엾은 영혼들의 얼굴에서 예수님의 얼굴을 보았어. 그건 부인할 수 없는 사실이었어."

그는 잠시 입을 다물었다. 나는 그에게 억지로 말하도록 강요하지 않기로 마음먹고 있었다. 이십 분 뒤, 그는 차를 세웠고 우리는 밖으로 나갔다.

"여기가 루르드야. 여름에 왔더라면 좋았을 텐데."

하지만 내가 본 것은 황량한 거리와 문 닫은 상점들과 입구에 쇠창살을 쳐놓은 호텔들뿐이었다.

"매년 여름이면, 육만 명의 사람들이 이곳을 찾아와."

그는 열정적으로 말을 이었다.

"하지만 지금은 유령도시처럼 보이는데."

우리는 다리를 건넜다. 양쪽에 천사상이 있는 거대한 철문에 도착했다. 한쪽 문이 열려 있었다. 우리는 그 안으로 들어갔다.

"하던 얘길 계속해봐."

그에게 아무것도 강요하지 않겠다는 결심에도 불구하고 나는 그를 재촉하고 있었다.

"네가 만났던 사람들에게서 보았던 예수의 얼굴에 대해서 말해 줘."

나는 그가 말하고 싶어하지 않는다는 것을 알 수 있었다. 어쩌면 그 이야기를 하기에 적절한 시간이나 장소가 아니었는지도 모른다. 하지만 일단 시작한 이상, 그는 그걸 끝내야만 했다.

우리는 양편으로 눈 덮인 잔디밭이 펼쳐진 넓은 가로수 길을 걸었다. 그 길 끝에 대성당 하나가 윤곽을 드러내고 있었다.

"말해줘."

내가 다시 한번 재촉했다.

"네가 알고 있는 대로야. 난 신학교에 들어갔어. 첫해에 나는 너에 대한 사랑을 모든 사람들을 향한 것으로 바꿔달라고 하느님께 갈구했지. 그 다음해에는 하느님께서 내 기도를 들으셨다는 걸 알았어. 너에 대한 열망은 여전히 남아 있었지만, 삼 년째가 되자 나는 내 사랑이 자비와 기도, 그리고 그걸 필요로 하는 사람들을 돕는 데 쓰이리라는 것을 확신하게 되었어."

"그런데 왜 날 찾은 거야? 왜 내 신앙에 다시 불을 붙인 거지? 나에게 내 안의 타인이 되어보는 연습을 하게 한 이유가 뭐야? 어째서 나에게 내 삶이 얼마나 얄팍한지를 깨닫게 한 거야?"

내 말은 두서없이 서둘러 튀어나왔고 목소리는 떨리고 있었다. 일분일초가 지날 때마다 그는 내게서 멀어져 신학교에 가까워지고 있는 것 같았다.

"왜 돌아온 거야? 왜 오늘에서야 이 이야기를 하는 거야? 내가 널 사랑하기 시작한 지금에서야!"

그는 잠시 침묵하다가 다시 말했다.

"넌 그게 얼마나 어리석은 소린지 깨닫게 될 거야."

"천만에. 난 더이상 어리석게 보이는 걸 두려워하지 않아. 네가 그렇게 가르쳤잖아."

"두 달 전, 스승을 따라 한 부인의 집을 방문할 일이 생겼어. 그 부인은 죽기 전에 자신의 전 재산을 우리 신학교에 기부했는데, 그 재산목록을 만들 필요가 있었거든. 그곳이 바로 생사뱅이었어."

우리는 대성당에 가까워지고 있었다. 나는 그곳에 도착하는 순간 우리의 대화도 중단되리라는 걸 직감했다.

"말을 멈추지 마. 난 설명을 들을 자격이 있어."

"그 집으로 들어서던 순간을 아직도 기억해. 피레네 산맥 쪽으로 창이 나 있었고, 온 집 안이 흰 눈빛과 햇빛으로 가득했어. 나는 그 집 안에 있던 물건들의 목록을 작성하기 시작했지만 몇 분 만에 그만두고 말았어. 그 부인의 취향은 내 취향과 정확하게 일치했거든. 그녀는 내가 구입한 음반들을 갖고 있었고, 내가 그 아름다운 경치를 바라보며 듣고 싶은 음악들을 즐겨 들었던 거야. 그녀의 책꽂이는 내가 이미 읽었거나 즐겨 읽고 싶은 책들로 채워져 있었어. 가구들이며 페인트의 색깔, 그리고 그녀가 소유하고 있던 모든 것들을 둘러보면서 나는 마치 내가 직접 그걸 고른 듯한 착각에 빠졌지.

그날 이후로 나는 그 집을 잊을 수가 없었어. 기도를 드리러 성당에 갈 때마다 내가 온전히 놓아버리지 않았음을 깨달을 뿐이었지. 나는 꼭 그런 집에서, 그곳에 있던 음반들을 들으며, 산꼭대기의 눈과 난로에서 타오르는 불꽃을 바라보며 너와 함께 있는 나를 상상했어. 우리의 아이들이 집 주변과 생사뱅의 들판에서 노는 모습을 그려보았어."

한 번도 그 집을 본 적은 없었지만, 나는 그 집의 모습을 그려볼 수 있었다. 나는 그가 더이상 말하지 않기를, 내가 계속 꿈꿀 수 있기를 바랐다.

하지만 그는 말을 계속해나갔다.

"두 주가 넘도록 나는 영혼의 슬픔을 견딜 수가 없었어. 나는 스승께 가서 말씀드렸어. 너를 향한 내 사랑과 그 집의 재산목록을 작성하면서 내가 다시금 느끼게 되었던 것들에 대해서 말야."

가랑비가 내리기 시작했다. 나는 고개를 숙이고 코트자락을 여몄다. 그 이야기의 나머지는 듣고 싶지 않았다.

"그러자 스승께선 말씀하셨어. '주님을 섬기는 데에는 수많은 방법이 있네. 그것이 운명이라고 생각한다면 가서 그걸 찾게나. 오직 행복한 자만이 다른 사람들의 마음속에 행복을 불어넣을 수 있는 법이니.' 나는 스승께 대답했어. '나는 그게 제 운명인지 알 수 없습니다. 수도원에 들어가면서 내 마음은 평화로워졌습니다.' 그러자 스승께서 말씀하시길, '그렇다면 그곳에 가서 네가 갖고 있는 모든 의심을 풀어버리거라. 그 세계에 머물든 아니면 신학교로 돌아오든, 네가 선택한 세계에 전념해야 한다. 나누어진 왕국이 적들에 대항해 스스로를 방어하지 못하듯이, 나누어진 사람은 삶을 당당하게 마주하지 못하는 법이니까.'"

그는 주머니에서 뭔가를 꺼내 내 손에 쥐어주었다. 열쇠였다.

"스승께서 내게 그 집의 열쇠를 빌려주셨어. 그 집과 재산을 처분하는 것은 당분간 보류해두셨지. 스승께서는 내가 너와 함께 그 집으로 돌아가길 바라셔. 나도 그걸 알아. 그분은 우리를 다시 만나게 하려고 마드리드에서의 강연회를 준비하신 거야."

나는 손에 쥔 열쇠를 내려다보며 미소지었다. 마음속에서 종들이 울리고 있었고, 천국의 문이 내게 열렸다. 그는 내 곁에서 다른 방식으로 신을 섬길 수 있을 것이다. 나는 그가 그렇게 할 수 있도록 싸울 것이다.

나는 열쇠를 주머니에 넣었다.

대성당이 우리 앞에 있었다. 내가 미처 무슨 말을 꺼내기도 전에, 누군가가 우리를 보곤 인사를 하러 다가왔다. 가랑비는 계속 내리고 있었다. 우리가 얼마나 오랫동안 거기 있었는지는 모르겠다. 갑자기 나는 내게 여분의 옷이 한 벌뿐이라는 사실을 기억해내고는 옷이 젖도록 내버려두어서는 안 되겠다고 생각했다.

나는 이 생각에만 집중하려고 애썼다. 나는 운명의 손길 안에서 그 집에 대하여, 천상과 지상에 관한 일들에 대하여 생각하고 싶지 않았다.

그는 나를 불러 사람들을 소개해주었다. 그들은 우리가 어디에 머물고 있는지 물었다. 그가 생사뱅이라고 대답하자, 그들 중 하나가 그곳에 안치된 은둔성자 이야기를 꺼냈다. 바로 마을 광장

가운데에 있는 샘을 발견한 성자 사뱅이었다. 속세에서의 삶을 버리고 하느님을 찾아 산으로 온 종교적인 사람들을 위한 도피처를 마련하는 것이 성 사뱅에게 부과된 본래의 사명이었다.

"그들은 아직도 그곳에 살고 있지요."

누군가가 말했다.

나는 그 이야기가 사실인지 알 수 없었을 뿐만 아니라, 사람들이 말하는 그들이 누군지조차 모르고 있었다.

사람들이 도착하기 시작하자, 사람들의 무리는 그라토*를 향해 움직이기 시작했다. 그들 중 한 노인이 내게 프랑스어로 무슨 말인가를 하려고 했다. 그러나 내가 알아듣지 못한다는 것을 알고는 서툰 스페인어로 바꾸어 말했다.

"당신은 아주 특별한 사람과 함께 있소. 그는 기적을 행하는 자요."

나는 아무 대꾸도 하지 않았지만, 빌바오에서 절망에 빠진 한 사내가 그를 찾아왔던 것을 기억해냈다. 그날 밤 그는 어딜 갔었는지에 대해 한마디도 하지 않았고 나 역시 관심이 없었다. 그 순간만큼은 내가 완벽하게 그려볼 수 있는 집, 책과 음반들, 집 안의 가구들과 주변의 경치에 대해서 생각하는 편이 훨씬 좋았다.

---

* 종교의식을 치르기 위해 동굴 모양으로 만든 장소.

이 세상 어딘가에서 우리의 집이 우리를 기다리고 있었다. 그곳에서 우리는 학교에서 집으로 돌아오는 우리의 아들딸을 돌보고, 그 아이들은 기쁨과 번잡스러움으로 집 안을 가득 채울 것이었다.

우리는 침묵 속에서 마리아의 환영이 모습을 드러낸다는 지점에 도착할 때까지 빗속을 걸었다. 그곳은 내가 생각한 대로였다. 그라토와 성모상 그리고 유리로 보호막을 씌워놓은 샘. 바로 기적의 물이 솟아나는 샘이었다. 어떤 순례자들은 기도를 드리고 있었고, 어떤 이들은 말없이 눈을 감은 채 안쪽에 자리를 잡고 앉아 있었다. 강 하나가 그라토 입구를 흐르고 있었다. 강물 소리는 나를 평온하게 만들어주었다. 성모상을 바라보며 나는 짧은 기도를 드렸다. 더이상의 고통을 견딜 수 없노라고, 나를 도와달라고.

'만일 고통을 겪어야 한다면 가능한 한 빨리 겪게 하소서. 저에겐 살아가야 할 날들이 있고, 가능한 한 최선을 다해 살아야 하기 때문입니다. 만일 그가 선택을 해야 한다면 바로 지금 하게 해주소서. 그러면 저는 그를 기다리거나 잊겠습니다. 기다리는 것은 고통스럽습니다. 잊는 것 또한 고통스럽습니다. 하지만 어느 쪽을 선택해야 할지 모르는 것이야말로 가장 고통스러운 일입니다.'

나는 마음 한구석에서 성모께서 내 청원을 들으셨음을 느낄 수 있었다.

1993년 12월 8일, 수요일

대성당의 시계가 자정을 알리는 종을 울리자, 우리 주변으로 수많은 인파가 모여들었다. 신부와 수녀를 포함해 거의 백 명 남짓한 사람들이 빗속에 꼼짝 않고 서서 성모상을 바라보고 있었다.
"원죄 없는 잉태여, 축복 받으소서."
종소리가 그쳤을 때, 내 곁에 있던 누군가가 말했다.
그러자 사람들은 일제히 대답했다.
"축복 받으소서."
박수 갈채가 뒤를 이었다.
그러자 곧바로 경찰 한 명이 다가와 우리가 다른 순례자들을 방해하고 있으니 조용히 하라고 주의를 주었다.
"하지만 우린 먼길을 왔소."

근처에 있던 일행 가운데 한 명이 항의했다.

"다들 마찬가지요."

경찰은 빗속에서 기도를 올리고 있는 다른 사람들을 가리키며 대꾸했다.

"저 사람들은 침묵으로 기도를 드리고 있단 말이오."

경찰이 우리 그룹을 해산시켜주었으면 하고 나는 바랐다. 이 자리에서 벗어나 그와 단둘이 있고 싶었다. 그의 손을 잡고 내가 느끼고 있는 것들을 말하고 싶었다. 집과 우리의 계획, 그리고 사랑에 대해 우리는 좀더 이야기해야만 했다. 내 사랑을 그에게 잘 말한다면 그는 안심할 수 있으리라. 내가 곁에서 돕는다면 그의 꿈은 이루어질 수 있으리라.

경찰이 물러가자, 신부들 가운데 한 명이 낮은 소리로 묵주기도를 드리기 시작했다. 기도문이 사도신경에 가까워졌을 때, 사람들은 입을 다물고 눈을 감았다.

"이 사람들이 다 누구야?"

나는 낮게 속삭이며 물었다.

"카리스마회 사람들."

그들에 대해 들어본 적은 있었지만, 나는 그 이름이 무슨 뜻인지는 알지 못했다. 그는 내가 이해하지 못하고 있다는 사실을 아는 듯했다.

"성령의 불꽃을 받아들인 사람들이야. 예수께서 남기신 그 불은 아직도 몇몇 소수의 사람들에게 전해져 자신들의 초를 밝히는 데 사용되고 있지. 이들은 모든 사람들이 기적을 행할 수 있었던 시절의 기독교 근본 진리에 가장 가까이 다가간 사람들이야. 이들은 태양의 옷을 입으신 여인의 인도를 받고 있어."

그는 눈으로 마리아 상을 가리키며 말했다.

그때, 보이지 않는 손의 지휘를 받는 것처럼 사람들이 낮은 목소리로 성가를 부르기 시작했다.

"너 추워서 떨고 있구나. 억지로 의식에 참가할 필요는 없어."

"넌 여기 계속 있을 거지?"

"그래. 이게 내 생활인걸."

"그렇다면 나도 같이 있을 거야."

하지만 내심 그곳에서 벗어나고픈 마음이 굴뚝같았다.

"이게 너의 세계라면 나도 그 일부가 되는 법을 배우고 싶어."

사람들은 여전히 성가를 부르고 있었다. 프랑스어는 잘 몰랐지만 나는 눈을 감은 채 뜻 모를 단어들을 되뇌었다. 덕분에 시간이 좀더 빨리 지나가는 것처럼 느껴졌다. 잘 끝날 거야. 우리는 단둘이서만 생사뱅으로 돌아갈 수 있어.

나는 기계적으로 노래를 불렀다. 그런데 시간이 흐르면서 조금씩 음악은 마치 그 자체의 생명을 갖고 있기라도 한 것처럼 나를 사로잡았고 나를 도취시켰다. 추위가 덜 고통스럽게 느껴졌고, 쏟아지는 빗발도 신경 쓰이지 않았으며, 갈아입을 옷이 없다는 걱정도 하지 않게 되었다. 음악으로 인해 내 기분은 한결 나아져서 내 영혼은 기쁨으로 가득 찼고, 하느님이 훨씬 더 가까이 있었던, 그분께서 나를 돕고 있다고 느꼈던 때로 돌아간 것 같았다.

음악에 나를 온전히 맡기는 순간 노래가 그쳤다.

나는 눈을 떴다. 한 수도사가 우리 그룹에 있던 신부들 가운데 한 명에게 무슨 말인가를 하고 있었다. 그들은 잠시 뭔가를 낮게 속삭였다.

수도사가 자리를 뜬 뒤, 우리 그룹을 이끄는 신부가 우리를 향해 돌아서서 말했다.

"이제 강 반대편으로 기도를 드리러 갈 겁니다."

우리는 침묵 속에서 그라토 바로 앞에 놓인 다리를 건너 반대편 둑으로 이동했다. 아름다운 곳이었다. 강둑 위에는 나무들이 둘러싸고 있는 아늑한 느낌의 너른 평원이 펼쳐져 있었다. 이제 강물은 우리를 그라토와 갈라놓고 있었다. 그곳에서 우리는 조명을 받고 있는 마리아 상을 좀더 선명하게 볼 수 있었고, 다른 사람들을 방해하지 않고 목청 높여 노래를 부를 수 있었다. 사람들은 하늘을 향해 고개를 들고 떨어지는 빗방울을 뺨에 맞으며 웃음 띤 얼굴로 더욱 소리 높여 노래를 불렀다. 몇몇 사람들이 팔을 위로 뻗어올리자 모두들 하나가 되어 팔을 올리고, 노래의 리듬에 따라 양팔을 좌우로 흔들기 시작했다.

나는 그 순간에 푹 빠지고 싶은 한편, 그들의 행동을 좀더 관찰하고 싶기도 했다. 내 곁의 신부 한 명이 스페인어로 노래를 부르고 있었다. 나는 그걸 따라 부르려고 노력했다. 그들은 성령과 마리아께 드리는 기도문을 외면서 그분들이 우리와 함께 하시길, 성령과 마리아의 은총과 능력을 우리 모두에게 내려주시길 간구했다.

"우리에게 방언의 능력을 허락하소서."

또다른 신부가 말했다. 그리고 그는 같은 기도를 스페인어로, 이탈리아어로, 그리고 프랑스어로 반복했다.

다음 순간, 불가사의한 일이 벌어졌다. 수많은 사람들이 저마다 내가 한 번도 들어본 적이 없는 서로 다른 언어로 말하기 시작한 것이다. 그것은 언어라기보다는 웅성거리는 소리였고 영혼으로부터 바로 쏟아져나오는 듯한, 뜻이 없는 단어들이었다. 나는 곧장 예배당 안에서의 대화를 떠올렸다. 그는 계시에 대해 이야기하면서, 모든 지혜는 우리 자신의 영혼의 소리에 귀를 기울인 결과라고 말했다.

'어쩌면 이건 천사의 언어인지도 몰라.'

나는 그들의 행동을 흉내내보려 했지만, 우습게 느껴질 뿐이었다.

강 건너편의 마리아 상을 응시하는 사람들은 모두 무아지경에 빠진 듯했다. 나는 그를 찾아 주변을 둘러보았다. 그는 내게서 좀 떨어진 곳에 서 있었다. 그는 양팔을 하늘 높이 뻗은 채 뭔가를 빠르게 중얼거리고 있었다. 마치 성모와 대화를 나누고 있는 것처럼 보였다. 그는 미소짓고 있었고 뭔가에 동의하는 것처럼 고개를 끄덕였다. 이따금 몹시 놀란 것처럼 보이기도 했다.

'이게 바로 그의 세계야.'

갑자기 모든 것이 무섭게 느껴지기 시작했다. 내가 곁에 두고 싶은 그 남자는 신도 역시 여성이라고 말했다. 그는 불가해한 언어로 말하고 있었고, 도취상태에서 천사에 가까이 다가간 듯 보였다. 산 속에 있다는 그 집이 비현실적으로 느껴지기 시작했고, 그가 이미 떠나버린 뒤에 남겨진 세계의 일부분처럼 느껴졌다.

마드리드에서의 강연회부터 우리가 함께 했던 지난 며칠이 꿈만 같았다. 내 생의 시간과 공간을 넘어선 아득히 먼 과거의 여행처럼 느껴졌다. 그러나 동시에 그 꿈은 로맨스, 모험, 새로운 세계의 향취를 풍겼다. 그렇게 저항하려고 노력했음에도, 나는 사랑이 얼마나 쉽게 여자의 마음에 불을 지필 수 있는지 알게 되었다. 내 안의 바람이 어느 방향으로 불 것인지, 물이 넘쳐 둑을 무너뜨릴 것이라는 걱정이 사라지는 것도 오직 시간의 문제임을 알게 되었다. 처음에 난 그 무엇도 바라지 않으려 했다. 난 이미 사랑을 경험했으며, 이런 상황에서 어떻게 처신해야 할지 너무나 잘 알고 있다고 생각했다.

나는 주위를 한번 더 둘러봤다. 그 순간 이것은 내가 학교에서 배운 가톨릭이 아니라는 생각이 엄습했다. 이런 식으로 내 생애의 남자를 그린 것은 아니었다.

'내 생애의 남자라니…… 웃기잖아!'

나는 내 머릿속에 그런 말이 떠올랐다는 것이 너무나 놀라웠다.

강둑 위에서 맞은편 그라토를 건너다보면서, 나는 두려움과 질투를 동시에 느꼈다. 그 모든 것들이 내게는 낯설었기 때문에 두려웠다. 난 언제나 새로움을 조금은 두려워했다. 그리고 그의 사랑이 내가 생각했던 것보다 더 크고 내가 한 번도 발을 들여놓은 적이 없는 곳에 가 닿아 있다는 사실에 질투를 느꼈다.

'성모님, 용서하소서.'

나는 기도 드렸다.

'저의 이기심을 용서하소서, 저의 좁은 마음을 용서하소서, 이 남자의 사랑을 위해 당신과 경쟁하는 저를 용서하소서.'

그러나 만약 그의 소명이 나와 함께 있는 것이 아니라면? 신학교 안에 들어가 문을 걸어잠근 채 천사들과 대화를 나누는 것이라면? 그는 우리의 집, 그곳의 음반들 그리고 책들을 물리치고 다시 그의 참된 길로 돌아가기까지 얼마나 버틸 수 있을까? 다시는 신학교로 돌아가지 않는다 해도 그를 내 곁에 두기 위해서 나는 얼마나 값비싼 대가를 치러야 하는 걸까?

나를 제외한 모든 이들이 의식에 열중하고 있었다. 나는 그를 물끄러미 바라보았고, 그는 천사들의 언어로 말하고 있었다.

그러자 두려움과 질투가 불현듯 외로움으로 바뀌었다. 천사에겐 대화를 나눌 누군가가 있었지만 나는 완전히 혼자였다.

내가 무엇 때문에 그토록 낯선 언어로 말하고자 애썼는지 알 수 없었다. 어쩌면 내 느낌을 그에게 말하기 위해 어떻게 해서든지 그에게 말을 걸어야 한다는 생각 때문이었는지도 모른다. 내 영혼이 나에게 말을 걸도록 내버려둘 필요가 있었다. 내 마음은 너무도 많은 의문으로 가득 차 있었고 너무도 많은 대답들을 필요로 했다.

무엇을 해야 할지 알 수 없었고, 놀림감이 되고 있다는 느낌을 떨쳐버릴 수 없었다. 내 주위에는 남녀노소, 성직자와 평신도, 수련 수사들과 수녀들, 학생들과 노인들로 가득했다. 바로 그들이 성령께 두려움을 극복할 수 있는 힘을 갈구하도록 나에게 용기를 불어넣었다. '시도해봐.'

나는 스스로에게 말했다.

'넌 그저 용기를 갖고 입을 벌려서 네가 이해하지 못하는 것들을 말하기만 하면 돼. 한번 해봐.'

나는 기도하기로 결심했다. 하지만 그전에 미리, 이 밤이 내게 하느님이 나타나시는 시간이 되어주기를, 새로운 시작이 되어주기를 기도했다.

신은 분명 내 기도를 들은 것 같았다. 말들이 좀더 자유로이 흘러나오기 시작했다. 부끄러움은 사라지고 확신이 조금씩 커졌다. 내 혀는 조금씩 풀리기 시작했다. 내가 하고 있는 말을 전혀 이해하지 못했지만, 나는 내 영혼이 알아듣는 말로 대화를 하고 있었다.

내 속의 은밀한 말들을 발음하기 위해선 단지 용기가 필요할 뿐이라는 사실에 나는 행복했다. 나는 자유로웠고, 내가 하고 있는 것에 대해 설명하거나 납득시키려고 애쓸 필요도 없었다. 그 자유는 나를 천국, 더 위대한 사랑이 있는 곳, 모든 것들을 용서하고, 버림받았다는 느낌이 존재하지 않으며, 내가 돌아가기만 하면 언제든지 나를 환영하는 천국으로 데려갔다.

'믿음이 되살아난 기분이야.'

사랑이 행할 수 있는 기적은 놀라웠다. 나는 성모님이 그녀의 품에 나를 안고 그녀의 옷자락으로 덮어 나를 따뜻하게 지켜주고 있음을 느낄 수 있었다. 점점 더 빠른 속도로 낯선 단어들이 내 입에서 흘러나왔다.

내 눈에서 영문 모를 눈물이 흐르기 시작했다. 기쁨이 홍수가 되어 흘러넘쳤다. 기쁨은 내 안의 두려움과 보잘것없는 확신, 매 순간 삶을 통제하려 했던 아집보다 강했다. 난 눈물이 귀중한 선물이라는 사실을 깨달았다. 어릴 때 수녀님은 성자가 환희에 차서 눈물을 흘린다고 말씀하셨다. 나는 눈을 뜨고 어둠 속의 하늘을 응시했다. 내 눈물이 빗물과 섞이는 것을 느꼈다. 대지는 살아 있었고, 떨어지는 물방울들은 대지에 천국의 기적을 새롭게 보여주었다. 우리는 모두 같은 기적의 일부분이었다.

"그러므로 신이 여자라는 것은 얼마나 놀라운 일인가."

나는 혼잣말로 낮게 중얼거렸다. 다른 사람들은 노래를 부르고 있었다.

'좋아. 만일 그게 사실이라면, 우리에게 사랑을 가르친 것은 분명 신의 여성적 면모일 거야.'

"여덟 명씩 서서 기도합시다."

신부가 스페인어, 이탈리아어 그리고 프랑스어로 말했다.

누군가 내게 다가오더니 내 어깨에 팔을 둘렀다. 그러자 또다른 한 사람이 반대편 어깨에 팔을 둘렀다. 이윽고 서로서로 어깨를 얼싸안은 여덟 명이 하나의 원을 만들었다. 그리고는 서로의 머리가 닿도록 몸을 앞으로 숙였다. 우리가 만든 대형 속에서 각자의 에너지와 열기가 하나로 모아졌다.

"원죄 없는 잉태께서 제 아들이 길을 찾도록 도와주소서."

내 오른편 어깨를 감싼 사내가 말했다.

"제 아들을 위해 성모 마리아님께 기도를 드립시다."

"아멘."

우리 대형의 여덟 명 모두는 기도를 읊조렸다.

한 사람씩 자신의 청원을 말하면, 모든 사람이 그 기도에 동참했다. 나는 내가 어린아이처럼 기도 드리고 있는 모습에, 그리고 어린아이처럼 이와 같은 은총을 얻었음을 확신하고 있다는 사실에 놀랐다.

잠시 동안 사람들은 침묵했다. 이제 내 청원을 말할 차례였다. 다른 상황에서였더라면 나는 아마 부끄러워서 한마디도 못 했을 것이다. 그러나 그 순간 나는 어떤 현존을 느꼈고, 그 현존이 내게 확신을 주었다.

나는 말했다.

"원죄 없는 잉태께서 저로 하여금 그녀가 사랑했던 것처럼 사랑하게 하소서. 그리고 그 사랑이 저를, 그리고 제가 사랑을 바친 그 사람을 자라게 하소서. 다 함께 성모 마리아님께 기도를 드립시다."

우리는 함께 기도했고 나는 다시 자유로워짐을 느꼈다. 오랫동안 나는 슬픔과 고통 그리고 버림받는 것에 대한 두려움과 싸웠다. 그러나 이제는 진정한 사랑이 그 모든 것 위에 있으며, 사랑하지 않는 것보다는 죽는 편이 낫다는 사실을 깨달았다. 나는 내가 아닌 다른 사람들만이 사랑할 용기를 가질 수 있다고 생각해왔다. 하지만 이제는 나 역시 사랑할 능력이 있음을 알게 되었다. 사랑하는 것이 이별을 뜻한다 해도, 외로움이나 슬픔을 의미한다 해도, 사랑은 사랑을 위해서라면 무엇이든 아깝지 않을 그런 것이었다.

'이런 생각들을 하는 것조차 그만둬야만 해. 이 의식에 집중해야 해.'

신부가 이제 그만 흩어져서 병자들을 위해 기도하자고 했다. 이따금씩 사람들은 다시 낯선 언어로 말하기 시작했고 하늘을 향해 팔을 쳐들기도 했다.

"여기 있는 사람들 중에 병든 며느리가 있는 사람은 알게 되리라. 이제 며느리가 다 나았노라."

한 여인이 외쳤다. 그러자 기도는 다시 시작되었고, 그녀는 기쁨의 노래를 부르기 시작했다.

나중에 그는 내게 설명해주었다. 그것이 예언의 은사이며, 어떤 이들은 멀리 있는 일을 미리부터 예언할 수 있다고.

난 기적에 대해서 전혀 알지 못했을 때조차 기적을 말하는 이같은 목소리의 힘을 믿었다. 나는 그 목소리가 그 자리에 있는 두 사람의 사랑에 대해서 말해주기를 바랐다. 나는 희망했다. 그렇다, 나는 우리 사랑이 모든 천사와 모든 성인 그리고 하느님과 여신의 축복을 받았다는 말을 듣고 싶었다.

노래를 부르고 춤을 추고 하늘을 향해 팔을 쳐들고 방언 따윌 읊조리는 의식이 얼마 동안이나 계속되었는지는 모르겠다. 갑자기 의식을 이끄는 신부가 말했다.

"이제 우리는 이 자리에 있는 사람들 가운데 카리스마 회원으로 다시 태어나는 의식에 처음으로 참여한 모든 이들을 위해 기도하고 노래할 것입니다."

나 혼자만 처음인 게 아닌 듯했다. 그 사실에 나는 적잖이 안심이 됐다.

모든 사람들이 기도문을 노래했다. 이번에 나는 은혜가 내게도 주어지길 바라면서 그저 듣기만 했다. 나는 많은 것들이 필요했다.

"우리는 은총을 받게 될 것입니다."

신부가 말했다. 그러자 모두들 강 건너편에서 불빛을 받고 있는 그라토를 향해 돌아섰다. 신부는 기도하는 몇몇 사람들에게 말을 건넸고, 우리 모두에게 축성을 해주었다. 사람들은 서로에게 입을 맞추며 성모의 원죄 없으신 잉태 대축일을 기쁘게 맞으라고 축복해주었다. 그리고는 각자의 길을 향해 흩어졌다.

그가 내 곁으로 왔다. 그는 평소보다 훨씬 더 행복한 표정을 짓고 있었다.

"비에 흠뻑 젖었구나."

"너도 마찬가지야."

나는 웃으면서 대답했다.

우리는 다시 차를 타고 생사뱅으로 돌아왔다.

이 순간이 오기를 나는 간절히 바라고 있었다. 그러나 정작 그 순간이 되자 무슨 말을 해야 할지 알 수 없었다. 심지어는 그가 말한 집이나 의식, 방언, 그룹 기도에 대해서조차 말을 꺼낼 수 없었다.

그는 두 세계에 걸쳐 살고 있었다. 어느 곳엔가 그 두 세계의 교차점이 존재했는데, 나는 그 지점이 어딘지 알아야 했다.

거기에는 말이 필요 없었다. 사랑은 사랑하는 행위를 통해서만 발견될 수 있을 뿐이었다.

"여분의 스웨터가 하나밖에 없는데, 네가 입어. 내일 나도 하나 사지 뭐."

방에 들어와서 그가 말했다.

"젖은 옷은 히터 위에 널어두자. 아침까지는 마르겠지. 어제 빨아놓은 셔츠가 있어."

잠시 동안 우리는 아무 말도 하지 않았다.

옷가지. 벗은 몸. 추위.

결국 그가 자신의 가방에서 여분의 티셔츠를 꺼냈다.

"자, 이걸 입고 자."

"고마워."

나는 불을 껐다. 어둠 속에서 젖은 옷을 벗어 히터 위에 펼쳐 널

고는 온도를 최고로 높였다. 창 밖 가로등의 희미한 불빛으로 그는 내 실루엣을 볼 수 있었을 테고 내가 벗었다는 것을 알았으리라. 나는 셔츠를 입고는 이불 속으로 들어갔다.

"사랑해."

그가 속삭이는 소리를 들었다.

"난 너를 사랑하는 법을 배우고 있어."

내가 대답했다.

그가 담배에 불을 붙였다.

"이제 때가 됐다고 생각하지 않아?"

나는 그가 무슨 말을 하고 싶어하는지 알고 있었다. 나는 몸을 일으켜 그의 침대 끝에 앉았다. 가끔씩 담뱃불이 그의 얼굴을 비췄다. 그는 내 손을 잡았고 우리는 잠시 그렇게 앉아 있었다. 나는 그의 머리카락을 쓰다듬으며 말했다.

"묻지 않아도 돼. 사랑에는 많은 질문이 필요하지 않아. 생각하기 시작하면, 겁을 먹게 될 테니까. 그건 설명할 수 없는 두려움이기 때문에 말로 설명해봤자 소용이 없어. 모욕을 당하면 어쩌나, 거절하면 어쩌나, 사랑의 마법이 풀려버리면 어쩌지 하는 것들 말야. 아주 우스꽝스러워 보이겠지만, 사랑이란 그런 거야. 그러니까 사랑은 묻는 게 아니라 행동으로 보여주는 거야. 말을 하면 할수록 더 자주 위험과 맞닥뜨리게 돼."

"알아. 이제껏 그걸 물어본 적은 없었어."

"넌 벌써 내 마음을 가졌어."

나는 못 들은 척 대답했다. 그리고 말을 이었다.

"그래, 내일이면 너는 떠나겠지. 하지만 우리는 살아가면서 우리가 함께 했던 며칠 동안의 기적과 낭만적인 사랑, 그 사랑의 가능성과 꿈을 기억하게 될 거야. 하지만 나는 신께서는 그의 헤아릴 수 없는 지혜로움으로 천국의 한가운데에 지옥을 숨겨두셨음을 믿어. 우리가 언제나 깨어 있도록 하기 위해서야. 우리가 자비의 기쁨 속에 사는 동안에도 혹독함을 잊지 않도록 하시려고 말야."

나의 머리를 만지는 그의 손에 힘이 들어갔다.

"넌 빨리 배우는구나."

그가 중얼거렸다.

나 역시 내가 하는 말에 놀라고 있었다. 하지만 우리가 아는 것을 인정하게 된다면, 그걸 실제로 이해할 수 있게 된다.

"내게 접근하기 힘들 거라고 생각하지 않았으면 해. 난 이제껏 여러 사람과 사귀어봤어. 만난 지 얼마 안 된 사람과 자본 적도 있고."

"나도 그랬어."

그가 대답했다.

나는 아무렇지도 않게 보이려고 애쓰고 있었다. 하지만 그의 손길에서 나는 그가 그런 말을 듣고 싶어하지 않는다는 것을 느낄 수 있었다.

"하지만 오늘 아침부터 나의 처녀성은 정말이지 신기하게도 회복되었어. 이해하려고 노력할 필요 없어. 오직 한 여자만이 내가 무슨 말을 하는지 알 거야. 나는 사랑을 다시 발견하는 중이야. 그리고 그건 시간이 걸리는 일이고."

그는 내 머리칼을 쓰다듬고 내 얼굴을 만졌다. 나는 그의 입술에 가볍게 입을 맞추고 내 침대로 돌아왔다.

내가 왜 그랬는지는 잘 모르겠다. 그를 내 곁에 더 가까이 묶어두고 싶어서 그랬는지, 아니면 그를 놔주고 싶어서 그랬는지. 어쨌든 긴 하루였다. 무얼 생각하기에 나는 너무 지쳐 있었다.

지극히 평화로운 밤이었다. 한순간, 나는 내가 깨어 있다고 믿었다. 한 여인이 자신의 품에 나를 안고 있었다. 마치 그녀를 오래전부터 알아왔던 것 같았다. 나는 보호받고 사랑받고 있었다.

숨막히는 열기 때문에 일곱시에 눈을 떴다. 문득 어젯밤 옷을 말리기 위해 히터를 최대한 틀어두었다는 사실이 떠올랐다. 방 안은 여전히 어두웠다. 그를 깨우고 싶지 않아서 나는 소리를 죽여 조용히 일어났다.

그러나 자리에서 일어난 순간, 그가 없다는 사실을 알아차렸다. 나는 공포에 사로잡혔다. 내 안의 타인이 재빨리 돌아와 말을 걸었다.

"봤지? 그는 가버렸어. 다른 모든 남자들이 그랬던 것처럼."

시간이 흐를수록 공포감은 더욱 커져갔다. 나는 평정을 잃지 않으려고 노력했다.

"난 아직 여기 있어. 넌 바람의 방향이 바뀌도록 내버려뒀지. 문을 열었더니, 어때? 이젠 사랑이 네 존재를 사로잡아버렸어. 서두른다면 상황을 수습할 수도 있을 거야."

나는 좀더 구체적으로 대처해야 했다. 조치를 취해야 한다.

"그는 가버렸어."

타인이 다시 말했다.

"지금 당장 세상 끝에 놓인 이 구덩이에서 탈출해야 해. 사라고사에서의 네 삶은 아직 가능성이 있어. 늑장부리지 말고 빨리 돌아가. 네가 그토록 힘들게 얻었던 모든 걸 잃기 전에."

나는 생각했다.

'뭔가 사정이 있었을 거야.'

"남자들에겐 항상 사정이 있지. 어쨌든 그들은 여자를 내버려둔 채 떠나버릴 뿐이야."

'좋아. 스페인으로 돌아갈 방법을 찾자.'

정신을 똑바로 차려야 했다.

"실질적인 문제에서부터 시작해야지. 돈 말야."

그녀가 말했다.

수중에 한푼도 없었다. 아래층으로 가서 부모님에게 수신자 부담으로 전화를 건 다음, 여비가 송금될 때까지 기다려야 할 것이다.

'하지만 오늘은 휴일이고 내일까지는 돈이 도착하지 않을 거야. 그럼 먹는 건 어떻게 해결하지? 집주인에게 이틀만 기다려주면 숙박비를 지불하겠다는 말을 어떻게 하지?'

"차라리 아무 말 않는 편이 낫겠다."

그녀가 대답했다. 확실히 그녀는 노련했다. 이런 상황에서 어떻게 대처해야 하는지 잘 알고 있었다. 그녀는 늘 침착하고 이성을 잃지 않았으며, 늘 자신이 원하는 바를 정확하게 알고 있었다. 나는 그저 그를 기다리는 체하며 아무 일도 없다는 듯 이곳에 머물면 된다. 그러다가 돈이 도착하면 숙박비를 지불하고 떠나면 그만이다.

"아주 좋아."

내 안의 타인이 말했다.

"다시 예전의 너로 돌아왔구나. 너무 슬퍼하진 마. 언젠가 다른 남자를 만나게 될 거야. 큰 위험을 감수하지 않고도 사랑할 수 있는 그런 사람 말야."

나는 히터 위에 널어두었던 옷들을 걸었다. 옷은 모두 말라 있었다. 나는 이 작은 마을에서 은행을 찾아야 했고 전화를 걸어야 했다. 울거나 한숨을 쉴 시간은 없었다.
그가 남긴 쪽지를 발견한 건 그때였다.

신학교에 다녀올게. 짐 좀 싸둬. 오늘밤에 스페인으로 돌아가자. 저녁때쯤 올게.

말미에는 *사랑해*라는 말이 적혀 있었다.

나는 종이조각을 가슴에 안고 꽉 움켜쥐었다. 너무나 비참했고 동시에 안도감이 느껴졌다. 어느새 내 안의 타인은 쪽지를 보고 놀라 도망을 쳐버린 후였다.

나 역시 그를 사랑했다. 매분 매초 내 사랑은 커져만 갔고, 나를 변화시켰다. 나는 다시 한번 미래에 대한 신념을 갖게 되었고, 신앙도 조금씩 회복되고 있었다.

이 모든 것이 사랑 때문이었다.

'더이상 내 안에 어두운 구석을 남겨두지 않겠어.'

나는 내 안에 있는 그녀의 코앞에서 마음의 문을 닫아걸며 스스로에게 다짐했다.

'삼층에서 추락하든 백층에서 추락하든 상처 입기는 마찬가지야.'

만일 내가 추락하게 된다면, 그것은 더 높은 곳에서일 것이다.

"앞으로는 끼니 거르고 다니지 말아요."

주인 아주머니가 말했다.

"스페인어를 하시는지 몰랐어요."

내가 깜짝 놀라 대답했다.

"국경이 여기서 멀지 않으니까요. 여름이면 루르드에 수많은 관광객들이 몰려오는데, 스페인어를 못하면 방을 빌려줄 수 없잖아요."

그녀는 토스트와 커피를 만들어주었다. 나는 벌써 오늘 하루를 어떻게 보낼 것인지 생각하며 마음의 준비를 했다. 한 시간이 일 년처럼 길게만 느껴졌다. 먹는 동안 만큼은 잠시 잊을 수 있기를 바라며 나는 음식을 삼켰다.

"두 사람은 결혼한 지 얼마나 됐어요?"

"그는 내 첫사랑이에요."

대답은 그것으로 충분했다.

"그렇군요. 저 산꼭대기 보이죠? 내 첫사랑은 저 산에서 죽었어요."

"하지만 나중에 다른 분을 만나셨잖아요."

"그래, 맞아요. 그리고 다시 행복해질 수 있었지. 운명은 신기한 거예요. 내가 아는 사람 중에 첫사랑과 결혼한 사람은 거의 없어요. 그리고 대개는 자신들이 뭔가 중요한 걸 놓친 것 같다고 하거나, 해보지 못한 경험이 늘 아쉽다고 말하더군요."

그렇게 말하고 여주인은 갑자기 입을 다물었다.

"미안해요. 기분을 상하게 할 생각은 아니었어요."

"아뇨, 괜찮아요."

"난 늘 저 광장에 있는 샘을 바라보며 생각한답니다. 전에는 아무도 물이 나올 거라고 생각하지 않았는데 성 사뱅이 샘을 파고 물을 찾아냈지요. 그가 없었더라면, 이 마을은 저 아래 강가에 세워졌을 거예요."

"그게 사랑과 무슨 상관이 있죠?"

"저 샘은 많은 사람들을 이곳으로 모여들게 했어요. 그들은 희망과 꿈 그리고 갈등을 마음에 품은 채 여길 찾아오죠. 어떤 사람이 물을 찾겠다는 생각을 했고 물은 발견됐어요. 사람들은 그 주위로 몰려들었고요. 용감하게 사랑을 찾아 나선다면 우린 사랑을 발견하고 그때부터 사랑을 부르게 될 거예요. 만약 어떤 한 사람이 진정으로 우리를 원하게 되면 다른 사람들도 우리를 원하게 되죠. 하지만 외따로 있으면 점점 더 혼자가 돼요. 삶이란 참 묘하죠?"

"혹시 『주역』이라는 책에 대해 들어본 적이 있으세요?"

"아뇨."

"『주역』에서 말하길, 도시는 바꿀 수 있어도 샘이 있던 자리는 바꿀 수 없대요. 그래서 사랑하는 사람들이 서로를 발견하는 곳은 바로 샘 근처죠. 사람들은 그곳에서 갈증을 씻어내고 집을 짓고 아이들을 기르지요. 하지만 그들 중 한 사람이 떠나길 원한다 해도, 샘을 옮겨갈 수는 없어요. 그러니 사랑은 그 자리에 남게 되죠. 버려진 채로 말이죠. 샘에는 여전히 맑은 물이 가득 차 있겠지만요."

"아가씨는 힘든 일과 고통을 이겨낸 성숙한 여인처럼 말하는군요."

"아뇨. 전 모든 게 항상 두려웠어요. 샘을 파본 적이 한 번도 없었죠. 하지만 지금 그렇게 하려고 애쓰는 중이에요. 위험한 것들이 뭔지 잊지 않으려고요."

문득 주머니 안쪽에서 뭔가가 만져졌다. 그게 뭔지 깨닫는 순간, 나는 심장이 얼어붙는 것 같았다. 나는 서둘러 커피를 들이켰다.

열쇠. 내가 열쇠를 갖고 있었다.

"이 마을 사람 중에 세상을 떠나기 전, 타르브에 있는 신학교에 전 재산을 기증한 부인이 있죠? 그분 집이 어딘지 아세요?"

여주인은 현관문을 열고 그 집을 가리켰다. 그것은 광장에 늘어선 집들 가운데 하나였다. 그 집 뒤쪽으로, 계곡 너머 멀리 우뚝 솟은 산이 보였다.

"두 달 전인가, 신부 두 명이 저 집을 다녀갔었죠. 그런데······."

여주인은 말을 멈추고는 의심스러운 눈빛으로 나를 바라보았다.

"그중 한 명이 댁의 남편과 아주 많이 닮았더군요."

그녀가 긴 침묵 끝에 말했다.

"그 사람이에요."

나는 내 안의 어린아이가 장난기를 발휘한다는 것에 기분이 좋아져서 그 집을 나섰다.

나는 곧장 그 집 문 앞에 가 섰지만, 정작 무엇을 해야 할지는 알 수 없었다. 사방이 안개에 싸여 있었다. 괴상하게 생긴 형체들이 나타나 나를 더욱 낯선 장소로 데려갈 것만 같았다. 나는 회색 꿈을 꾸고 있는 것일까.

내 손가락은 신경질적으로 열쇠를 만지작거렸다.

안개가 이렇게 짙어서는 창문으로 산을 내다볼 수 없을 것이다. 집 안은 어둠침침할 테고 커튼 사이로 햇빛을 찾아볼 수도 없을 것이다. 그가 곁에 없이 홀로 마주한 집은 서글퍼 보였다.

나는 손목에 찬 시계를 보았다. 오전 아홉시였다. 뭔가를 해야만 했다. 무슨 일이든 해야 기다림의 시간이 수월해질 터였다.

기다린다는 것. 그것은 내가 사랑에 대해 배워야 할 첫번째 과제였다. 사랑하는 이를 기다리는 동안 시간은 느리게 흘러가고, 우리는 그 동안 수천 가지의 계획을 세운다. 그와 무슨 얘기를 할까 상상하고, 그 사람 앞에서 이제까지와는 다른 방식으로 행동하리라 다짐한다. 그러면서 사랑하는 이가 돌아올 때까지 점점 더 안절부절못하게 된다.

하지만 정작 그가 도착하면, 우리는 무슨 말을 해야 할지 모른다. 기다림의 시간은 긴장으로 바뀌고, 긴장은 두려움으로 변하고, 두려움 때문에 우리는 상대에게 애정을 표현하길 부끄러워하게 된다.

'안으로 들어가도 되는 걸까.'

문득 어제의 대화가 떠올랐다. 이 집은 우리들 꿈의 상징이었다. 하지만 그 집 앞에 서서 아무 일도 하지 않은 채 하루를 고스란히 보낼 수는 없었다. 나는 몸 안의 용기를 끌어모아 열쇠를 주머니에서 꺼내들고 문 앞으로 다가갔다. 그때였다.

"필라!"

안개 속에서 강한 프랑스식 억양의 목소리가 들려왔다. 나는 더럭 겁이 났다. 처음에는 집주인 남자의 목소리인가 하고 생각했다. 하지만 그에게 내 이름을 가르쳐준 기억이 없었다.

"필라!"

이번에는 좀더 가까운 곳에서 소리가 들렸다.

누군가 빠른 걸음으로 다가오고 있었다. 안개 속의 유령은 점점 자신의 형체를 현실 속에 드러내고 있었다.

"기다려요…… 당신과 얘기를 좀 하고 싶소."

그가 가까이 다가오자, 한눈에 신부라는 걸 알아볼 수 있었다. 작은 키에 통통한 몸집, 머리카락이 몇 가닥 남지 않은 대머리를 한 그는 전형적인 시골 사제였다.

"안녕하시오."

그가 손을 내밀며 얼굴 가득 미소를 지었다.

나는 얼떨결에 그가 내민 손을 잡았다.

"지독한 안개가 모든 걸 가리고 있으니 안타깝소."

그가 집 쪽을 바라보면서 말했다.

"산 속 생사뱅 마을 중에서도, 특히 이 집에서 바라보는 경치가 가장 아름답지요. 계곡 아래쪽과 눈 덮인 산 정상을 창문을 통해 볼 수 있거든요. 벌써 알고 계시겠지만."

나는 즉시 상황을 파악했다. 그는 수도원의 원장 신부였다.

"여기서 뭐 하시는 거죠? 제 이름은 어떻게 아셨구요?"

그는 교묘히 말머리를 돌려 나에게 물었다.

"안에 들어가보고 싶으시오?"

"아뇨. 전 제 질문에 대한 신부님의 대답을 듣고 싶어요."

그는 손을 좀 따뜻하게 하고 싶었는지 손바닥을 비비더니 길가에 앉았다. 나도 그의 옆에 앉았다. 안개는 시간이 흐를수록 더욱 짙어지고 있었다. 이십여 미터 떨어진 성당의 모습도 벌써 시야에서 사라지고 없었다. 그곳에서 보이는 거라곤 샘뿐이었다. 나는 마드리드에서 만났던 젊은 여자애를 떠올렸다.

"그분이 여기 계세요."

"누구 말씀이오?"

"여신이요. 우리를 감싸고 있는 이 안개가 바로 그분이에요."

"그 사람이 얘기를 했나보군!"

신부는 웃으며 말했다.

"어쨌거나 나는 그녀를 성모 마리아라고 부르는 걸 더 좋아하오. 그게 나한테 익숙하니까."

"그런데 여기서 뭘 하는 중이세요? 제 이름은 어떻게 아셨죠?"

내가 다시 물었다.

"당신들 둘을 만나려고 왔지요. 간밤에 카리스마 회원 중 하나가 두 사람이 이곳에 머물고 있다는 소식을 전해주었소. 여기는 작은 동네니까요."

"그는 신학교로 갔어요."

그 말을 들은 신부는 얼굴에서 미소를 거두고 고개를 흔들었다.

"그것 참 유감이군."

그가 혼잣말을 하듯 중얼거렸다.

"그가 신학교에 간 것이 유감이라구요?"

"아니. 그런 뜻이 아니고, 그 사람이 그곳에 없으니 하는 말이오. 난 지금 막 신학교에서 오는 길이오."

그는 몇 분간 침묵했다. 또다시 잠에서 깨어나 느껴야 했던 기분이 들었다. 숙박비며 전화, 여비 등이 두서없이 떠올랐다. 하지만 나는 다짐을 했고 그걸 깨뜨리지 않을 작정이었다.

내 옆에 앉아 있는 사람은 교회의 신부였다. 어렸을 때, 우리는 신부에게 모든 것을 털어놓곤 했다.

"저는 지쳤어요."

나는 침묵을 깨고 입을 열었다.

"일 주일도 안 되는 짧은 시간 동안 저는 내가 누구이며 무엇을 원하는지 알게 됐어요. 그런데 지금은 나를 둘러싸고 뒤흔들어놓는 폭풍우 속에 갇혀버린 느낌이에요. 제가 뭘 할 수 있을지 모르겠어요."

"맞서 싸우시오. 그건 아주 중요한 것이니까."

신부의 반응은 나를 놀라게 했다.

"겁먹을 필요는 없어요."

그는 마치 내가 무슨 생각을 하고 있는지 알고 있는 듯했다. 그는 말을 이었다.

"교회에는 새로운 신부가 필요하오. 그리고 어쩌면 그가 뛰어난 성직자가 되어 그 역할을 할 수도 있소. 하지만 혹독한 대가를 치러야 될 테지요."

"그는 어디 있죠? 혹시 날 여기 내버려두고 스페인으로 돌아가 버렸나요?"

"스페인? 그가 스페인에서 무얼 할 수 있겠소. 그의 집은 바로 여기서 몇 킬로미터 떨어지지 않은 수도원이오. 그를 찾을 수 있을 게요."

신부의 말은 내게 기쁨과 용기를 불러일으켰다. 최소한 그는 멀리 떠난 건 아니었다.

하지만 신부는 웃지 않았다.

"그렇다고 섣불리 희망을 갖지는 말아요."

이번에도 그는 내 마음을 읽은 것처럼 말했다.

"어쩌면 그가 스페인으로 돌아가는 게 차라리 나을지도 모르니까."

신부는 일어서더니 자기와 함께 가겠느냐고 물었다. 고작 몇 미터 앞을 내다볼 수 있을 뿐이었지만, 신부는 가려는 곳을 정확히 알고 있는 듯했다. 나는 베르나데트의 이야기를 들으면서 그와 함께 이 길을 걸었다. 이틀 전이었다. 아니, 몇 년 전이었을까?

"어디로 가려는 게요?"

"그를 찾으러요."

함께 걸으면서 나는 신부에게 말을 건넸다.

"신부님, 제가 이해할 수 없는 게 있는데요. 그가 신학교에 없다고 아까 말씀하실 때, 신부님이 무척 슬퍼 보였어요."

"종교적인 삶에 대해 아시오?"

"전 거의 아는 게 없어요. 사제가 청빈과 정결과 순종의 서약을 한다는 것 정도죠."

나는 잠시 머뭇거리다가 계속 말을 이어나갔다.

"그리고 그들 역시 다른 사람들과 같은 죄를 범하지만, 다른 사람들의 죄를 심판한다는 것. 그들이 사랑과 결혼에 대한 모든 것을 알고 있지만, 자신들은 결코 결혼하지 않는다는 것. 그들이 스스로에게 금하고 있는 죄를 우리가 지을까봐 지옥불로 위협한다는 것. 그리고 우리를 당신의 외아들을 죽음으로 몰아넣은 죄인으로 여기는, 복수하는 자로서의 신의 모습을 보여준다는 것 정도죠."

신부는 웃었다.

"당신은 정말 가톨릭 교리 교육을 제대로 받았군요. 하지만 난 당신에게 교리에 대해 물어본 게 아니오. 난 지금 영적인 삶에 대해 묻고 있는 거요."

나는 잠시 침묵했다.

"잘 모르겠어요."

나는 결국 그렇게 대답했다.

"그들은 모든 걸 버리고 하느님을 찾아 나서는 자들이잖아요."

"그럼 그들이 하느님을 찾아낸다고 생각하오?"

"그 대답은 신부님께서 더 잘 아시지 않나요. 전 정말 모르겠어요."

신부는 내가 숨이 가빠하는 걸 눈치채고 걸음을 늦췄다.

"당신은 잘못 알고 있소."

그가 말을 이었다.

"하느님을 찾기 위해 길을 떠나는 사람은 시간 낭비만 하고 있는 거요. 물론 수천 갈래의 길을 걸을 수 있고, 다양한 종교와 종파를 만날 수 있겠지요. 하지만 그런 식으로는 결코 하느님과 만날 수 없어요. 하느님은 여기 있소. 바로 이 자리에, 우리 곁에. 우리는 이 안개 속에서도 그를 볼 수 있고, 우리가 걷고 있는 이 땅에서도 볼 수 있소. 심지어 내 신발에서도 볼 수 있지요. 하느님의 천사들은 우리가 잠자는 동안 밤새워 우릴 지켜주고, 우리가 일할 때면 곁에서 도와줍니다. 하느님을 만나려면 주위를 둘러보기만 하면 돼요. 하지만 이 만남은 쉽지 않소. 하느님께서 우리에게 그의 신비에 동참하도록 더 많이 요구하실수록 우리는 더욱더 혼란스러워지니까요. 신께서 우리에게 끊임없이 우리의 꿈과 마음을 따르도록 요구하시기 때문이오. 그런데 우리는 이미 다른 방식으로 사는 데 익숙해졌기 때문에 그걸 따르는 일이 쉽지가 않소. 그러나 결국 우리는 신께서 우리가 행복하기를 바란다는 사실을 놀라움과 함께 발견하게 됩니다. 그분은 우리의 아버지니까요."

"그리고 어머니이기도 하죠."

내가 덧붙였다.

안개가 걷히고 있었다. 한 여인이 작은 농가 앞에서 건초를 모으고 있는 모습이 시야에 들어왔다.

"그래요, 어머니이기도 하시죠. 영적인 삶을 살기 위해서 신학교에 들어갈 필요는 없소. 단식이나 극빈을 할 필요도 없고, 정결 허원(許願)을 할 필요도 없습니다. 믿음을 갖고 하느님을 받아들이는 걸로 충분해요. 거기에서부터 우리 개개인은 하느님의 길이 되고, 기적의 도구가 되는 겁니다."

나는 신부의 말에 끼어들었다.

"그가 벌써 신부님에 대해 얘기해줬어요. 나에게 이런 생각들을 가르쳐준 것도 바로 그예요."

"나는 당신이 하느님의 은총을 받아들이길 진심으로 기원하오. 역사가 우리에게 가르쳤듯이 은총이 항상 이런 식으로 전해지지는 않소. 오시리스는 이집트에서 갈기갈기 찢겨진 채 쫓겨났어요. 그리스의 신들은 인간 때문에 전쟁을 벌였지요. 아스텍인들은 케쌀코아틀을 추방해버렸고, 바이킹의 신들은 여자 하나 때문에 발할라에 불을 질렀소. 예수께선 십자가에 못 박히셨지요. 왜 그랬겠소?"

나는 대답하지 못했다.

"신께서는 우리에게 우리의 능력을 보여주시기 위해 이 지상에 오셨기 때문이오. 우리는 그분의 꿈의 일부이며, 그분께서는 그 꿈이 행복한 것이기를 바라십니다. 그러나 그걸 알고 있으면서도 우리 자신을 슬픔이나 패배로 이끌고 간다면, 그건 우리들의 잘못입니다. 인간들은 그런 식으로 끊임없이 신을 죽이고 있습니다. 십자가 위에서든, 불 속에서든, 추방을 하든 혹은 우리 마음속에서든 말이오."

"하지만 신을 이해하는 사람들은……."

"그들은 커다란 희생을 통해서 이 세상을 바꿔놓는 사람들이오."

건초를 나르던 여인이 신부를 보자마자 우리 쪽으로 달려왔다.

"신부님, 감사합니다!"

여인은 신부의 손에 입을 맞췄다.

"그 젊은이가 우리 남편의 병을 고쳐주었어요!"

그러자 신부는 말했다.

"당신 남편을 치유한 것은 성모 마리아십니다. 그 젊은이는 그저 도구일 뿐이지요."

신부가 대답했다.

"그 사람이었어요, 그 사람이었다구요! 어서 안으로 들어오세요."

나는 지난밤 우리가 대성당에 도착했을 때, 한 사내가 내게 한 말을 떠올렸다. '당신은 아주 특별한 사람과 함께 있소. 그는 기적을 행하는 자요!'

"저희는 갈 길이 바쁩니다."

신부가 거절했다.

"아니에요, 전혀 바쁘지 않아요."

내가 얼른 나서서 더듬거리는 프랑스어로 말했다.

"너무 추워서 따뜻한 커피를 마시고 싶어요."

여인은 내 손을 잡고는 우리를 집 안으로 이끌었다. 돌벽과 나무 바닥 그리고 서까래가 그대로 드러난 집은 소박하지만 편안했다. 벽난로 앞에는 예순쯤 되어 보이는 사내가 하나 앉아 있었다.

그는 신부를 보자마자 일어서서 그의 손에 입을 맞췄다.

"앉아 계세요. 아직 안정을 취해야 합니다."

신부가 말리자, 사내는 말했다.

"벌써 몸무게가 십 킬로나 불었는걸요. 아내를 도와주기엔 아직 벅차지만요."

"걱정 말아요. 머지않아 훨씬 좋아질 겁니다."

"그 젊은이는 어디 있지?"

사내가 자기 아내에게 물었다.

"그가 늘 가던 방향으로 갔어요."

여인이 대답했다.

"그런데 오늘은 차로 가더군요."

신부가 내게 눈길을 주었지만 입은 열지 않았다.

"저희에게 강복해주십시오, 신부님. 그 젊은이가 가진 능력이……"

신부는 여인의 말을 가로막았다.

"……성모님의 능력이지요."

"……성모님의 능력, 네, 하지만 곧 신부님의 능력이기도 하지요. 그것을 이곳에 전해주신 분이 신부님이니까요."

신부는 내 쪽을 쳐다보지 않았다. 여인이 고집을 부렸다.

"제 남편에게 강복해주세요, 신부님."

신부는 깊은 한숨을 내쉬었다.

"제 앞으로 서십시오."

사내는 신부의 말을 따랐다. 신부는 눈을 감고 성모송을 외운 뒤 성령께서 강림하시어 이 남자를 도와주시길 기도했다.

갑자기 그의 기도가 빨라지기 시작했다. 그가 무슨 말을 하는지 한마디도 알아들을 수 없었지만 마치 마귀를 쫓는 기도처럼 들렸다. 신부는 남자의 어깨를 어루만지고 팔을 쓰다듬으며 손끝까지 훑어내렸다. 그는 그 동작을 몇 번이고 되풀이했다.

 벽난로 속의 불꽃이 시끄럽게 탁탁 소리를 내며 타오르기 시작했다. 어쩌면 그건 다만 우연이었을까, 혹은 신부가 기도를 한 탓이었을까? 신부는 마치 내가 모르는 어떤 영역으로 들어가 그곳의 구성요소들을 이용하여 이 세계에 어떤 영향을 미치는 것처럼 보였다.

 여인과 나는 불꽃이 튀는 작은 소리에도 깜짝 놀랐다. 그러나 신부는 전혀 개의치 않았다. 그의 표현을 빌리자면, 신부는 온전히 몰두하고 있었다. 신부는 마리아의 도구로서 즉시 방언을 시작했다. 그의 입에서 알아들을 수 없는 말들이 걷잡을 수 없는 속도로 튀어나왔고, 그의 손은 말없이 서 있는 남자의 어깨 위에 가만히 얹혀 있었다.

 갑자기 시작된 기도는 갑자기 멈췄다. 신부는 몸을 돌려 관례대로 축복하는 몸짓을 한 뒤, 오른손으로 크게 성호를 그었다.

 "하느님께서 이 가정에 언제나 함께 하시길."

 그리고는 나에게 길을 재촉했다.

 "그럼 커피는?"

 집을 나서려는데 여인이 말했다.

"지금 커피를 마시면 잠이 안 올 것 같습니다."

신부가 대답했다.

여인은 웃으면서 뭐라고 중얼거렸다. "아직 아침인걸요!"라고 말한 듯했다. 이미 길에 접어든 터라 무슨 소리인지 알아들을 수는 없었지만.

"신부님, 저 부인은 어떤 젊은이가 남편의 병을 고쳐주었다고 했죠. 그게 그이인가요?"

"맞습니다."

마음속에 불안이 엄습하기 시작했다. 지난 며칠 동안의 일, 빌바오, 마드리드 강연회, 그리고 기적에 대해 이야기하던 사람들과 서로 얼싸안고 기도를 드리던 순간 내가 느꼈던 그 존재감들에 대한 기억이 차례차례 떠올랐다.

나는 치유의 기적을 행할 수 있는 사람을 사랑하고 있었다. 이웃을 도울 수 있고, 고통받는 자들을 쉴 수 있게 하는 사람, 병자에게 건강을 돌려줄 수 있는 사람, 친구들에게 희망을 줄 수 있는 사람. 하얀 커튼이 드리워진 집은 그의 소명과 어울리지 않았다.

"자책하지 말아요."

"신부님은 제 마음을 읽고 있군요."

"그래요. 내가 받은 은총의 선물이지요. 그리고 그 능력을 값지게 사용하려고 노력하고 있습니다. 성모님께서는 내게 가능한 좋은 방향으로 인도할 수 있게 사람들의 감정을 꿰뚫어볼 수 있도록 가르치셨지요."

"그럼 기적도 행하시겠군요."

"나에게 치유의 능력은 없습니다. 하지만 나도 성령의 은사 가운데 하나를 입었지요."

"신부님은 제 마음을 읽으실 수 있어요. 그렇다면 제가 그를 사랑하고 있다는 걸 아시겠군요. 그 사랑이 매순간 점점 더 커지고 있다는 것도요. 우리는 이 세계를 함께 발견했어요. 그러니 함께 이곳에 머물 거예요. 그는 늘 내 삶과 함께 해왔어요. 내가 원하는 순간, 원하지 않는 순간 모두를 말예요."

내 곁에서 걷고 있는 이 신부에게 과연 무슨 말을 할 수 있을까? 그는 내가 전에도 다른 누군가를 사랑했었고 그들 중 하나와 결혼했더라도 행복했으리라는 사실을 결코 이해하지 못할 것이다. 심지어 어린아이였을 때도, 나는 소리아의 광장에서 사랑을 발견했고 그 사랑을 잃었다. 하지만 어떻게 보여지든, 나는 행복한 적이 없었다. 그 모든 것들이 내 안에서 되살아나는 데 겨우 사흘이 걸렸을 뿐이다.

"저에겐 행복할 권리가 있어요, 신부님. 제가 한때 잃어버렸던 것을 되찾았고, 다시는 잃고 싶지 않아요. 전 제 행복을 위해 싸울 거예요. 만일 싸우기를 포기한다면, 저는 영적인 삶 또한 단념하게 될 거예요. 신부님께서 말씀하신 대로, 여자로서의 힘과 능력만 가진 채 하느님을 뒷전으로 내모는 셈이 되겠죠. 그를 지키기 위해서 저는 싸울 겁니다."

나는 이 작고 뚱뚱한 남자가 왜 날 찾아왔는지 알고 있었다. 신부는 나를 설득해서 그에게서 떠나게 하려고 온 것이다. 그에게는 보다 더 중요한 소명이 주어져 있기 때문이었다.

아니다. 나는 내 곁에서 걷고 있는 이 신부를 믿을 수 없었다. 그가 우리 둘이 결혼하여 생사뺑의 집에서 살기를 바라고 있을 리가 없었다. 나를 속이려는 속임수일 뿐이다. 그는 미소를 곁들인 감언이설로 내 방어벽을 무너뜨리고는 정반대의 결과를 위해 나를 설득하려 할 게 틀림없었다.

신부는 한마디 말도 듣지 않고서 내 마음을 전부 읽었다. 어쩌면 그가 나를 속이고 있는지도 몰랐다. 다른 사람들의 마음을 읽는다는 것은 거짓이 아닐까? 안개가 빠르게 걷히고 있었다. 이제 길과 산의 비탈, 평야와 눈 덮인 나무들이 시야에 들어왔다. 그와 더불어 내 감정도 좀더 선명해졌다.

제기랄! 만일 이 신부가 정말로 다른 사람의 생각을 읽을 수 있다면, 그가 내 생각을 읽고 모든 걸 알아야 하는 건데! 어젯밤 그가 나와 사랑을 나누고 싶어했고, 내가 그를 거절했으며, 내가 그걸 후회하고 있다는 걸 알아야 하잖아.

간밤에 나는 생각했다. 그가 나를 떠나야만 한다면, 최소한 어린 시절의 친구에 대한 기억만은 간직할 수 있을 거라고. 하지만 바보 같은 짓이었다. 우린 육체적으로 결합하지는 않았지만, 좀 더 깊은 뭔가가 내 몸을 통과해 내 마음에 닿았다.

"신부님, 저는 그를 사랑해요."

나는 다시 말했다.

"나 역시 사랑하오. 그리고 사랑은 항상 어리석음을 낳습니다. 내 경우, 그를 그의 운명으로부터 멀리 떼어놓으려 애쓰고 있지요."

"그를 저에게서 떨어뜨려놓는 건 쉽지 않을 거예요, 신부님. 어젯밤 그라토 속에서 기도의식을 치르는 동안, 저 역시 신부님께서 말한 그 기적의 은사를 받을 수 있다는 사실을 알게 됐어요. 저는 그를 제 곁에 두는 데 그 은총을 사용할 거예요."

"당신이 해낼 수 있기를 바라겠소!"

신부는 미소를 지으며 말했다.

그리곤 걸음을 멈추더니 주머니에서 묵주를 꺼냈다. 그걸 손에 든 채 그는 내 눈을 들여다보면서 말했다.

"예수님께서는 우리에게 맹세를 하지 말라고 하셨습니다. 그래서 나도 맹세를 하지는 않겠습니다. 하지만 이 성스러운 것을 두고 당신에게 말하건대, 나는 지금 이 상황에서 그가 관습에 따라 종교적인 삶을 받아들이는 것을 원치 않소. 나는 그가 사제 서품을 받는 것도 원치 않소. 그는 다른 방식으로 신을 섬길 수 있을 겁니다. 당신 곁에서."

그의 말이 진심이라고는 믿어지지 않았다. 하지만 어쨌든 기회가 온 것이다.

"저기, 그가 있군요."

신부가 말했다.

나는 몸을 돌렸다. 얼마 떨어지지 않은 곳에 자동차 한 대가 서 있었다. 우리가 스페인에서부터 타고 온 차였다.

"보통 그는 걸어서 이곳에 오곤 했지요."

신부는 미소를 지으며 말했다.

"이번에는 그가 우리에게 먼길을 여행했다는 인상을 주고 싶었나보오."

눈이 운동화를 적시고 있었다. 신부는 모직 양말에 앞이 터진 샌들만 신고 있었다. 나는 불평하지 않기로 결심했다. 신부가 견딜 수 있다면 나도 할 수 있었다. 우리는 산 정상을 향해 걷기 시작했다.

"얼마나 오래 가야 하죠?"

"길어야 삼십 분이오."

"어딜 가고 있는 거예요?"

"그를 만나러. 그리고 다른 사람들도."

신부는 더이상 말하고 싶지 않은 듯했다. 어쩌면 그는 산을 오르는 데 자신의 모든 힘을 쏟고 있는지도 몰랐다. 우리는 말없이 걸었다. 안개는 거의 다 걷혀 있었고, 태양이 모습을 드러내기 시작했다.

나는 처음으로 물이 흐르는 계곡의 전경을 볼 수 있었다. 산기슭에는 생사뱅을 비롯한 마을들이 점점이 흩어져 있었다. 교회 탑과 전에는 보지 못했던 공동묘지, 그리고 강 쪽으로 난 중세풍의 집들도 한눈에 들어왔다.

우리가 있는 곳에서 약간 아래쪽, 우리가 이미 지나온 곳에서 양떼를 돌보는 양치기도 보였다.

"피곤하군요. 여기서 잠깐 쉬어갑시다."

우리는 눈을 털고 커다란 돌 위에 앉아 바위에 등을 기댔다. 신부는 땀을 흘리고 있었다. 그의 발은 꽁꽁 얼어붙었을 게 틀림없었다.

"성 야곱이 내 힘을 지켜줄 겁니다. 난 아직 다시 한번 그의 길을 걷고 싶거든요."

나는 그가 하는 말뜻을 알아듣지 못해서 화제를 돌리기로 마음먹었다.

"저기 눈 속에 발자국이 있어요."

"어떤 것들은 사냥꾼들의 발자국이고, 다른 것들은 전통을 다시 체험해보고 싶은 사람들의 것이지요."

"어떤 전통이요?"

"성 사뱅이 했던 일이지요. 세상으로부터 물러나 이 산 속에 들어와서 하느님의 영광을 명상하는 것 말이오."

"신부님, 저는 아직 모르는 것들이 많아요. 어제까지만 해도 저는 종교적인 삶과 결혼 사이에서 선택하지 못하는 한 남자와 같이 있었어요. 그런데 오늘, 저는 그 남자가 기적을 행한다는 것을 알게 됐어요."

"기적은 우리 모두가 일으킬 수 있어요. 예수께서 말씀하셨지요. 우리에게 겨자씨만한 믿음만 있다면, 우리가 산을 향해 '움직여라!' 하면 산이 움직일 거라고 말이오."

"전 지금 교리수업을 받고 싶은 생각이 없어요, 신부님. 저는 한 남자를 사랑하고 그에 대해 좀더 많은 것을 알고 싶어요. 그를 이해하고 돕고 싶다구요. 다른 사람들이 뭘 할 수 있고 뭘 할 수 없는지는 관심 없어요."

신부는 깊은 한숨을 내쉬었다. 그리고는 잠시 주저하더니 입을 열었다.

"인도네시아 군도의 한 섬에 서식하는 원숭이를 연구하던 과학자가 원숭이 한 마리에게 고구마를 먹기 전에 강물에 씻도록 가르쳤답니다. 모래와 먼지를 씻어낸 고구마는 더 맛이 있었죠. 원숭이의 학습능력을 연구하기 위해 이것을 가르친 과학자는 앞으로 어떤 일이 벌어질지 상상조차 하지 못했어요. 그래서 다른 원숭이들이 모두 그 원숭이를 흉내내기 시작하는 걸 보곤 깜짝 놀랐지요! 그러던 어느 날, 이 섬의 원숭이들이 고구마를 씻어 먹는 법을 모두 배우고 나자, 군도에 있는 다른 모든 섬의 원숭이들도 고구마를 씻기 시작했지요. 그런데 무엇보다도 신기한 일은, 다른 섬의 원숭이들은 고구마를 씻는 것을 보거나 배운 적이 전혀 없었다는 것이오. 내 말이 무슨 말인지 아시겠소?"

"아뇨."

"이와 유사한 예들이 몇 개 더 있었지요. 이것들에 대한 가장 일반적인 설명은, 몇몇 사람들이 진화하면 인류 전체가 진화한다는 것이오. 몇 명이나 필요한지는 알 수 없지만, 그런 일이 일어나고 있다는 것은 알고 있지요."

"원죄 없는 잉태 이야기처럼 말이죠."

내가 말했다.

"성모님께서는 바티칸의 현자뿐만 아니라 시골 농부 앞에도 모습을 보이셨잖아요."

"이 세계 자체는 하나의 정신으로 이루어졌소. 그리고 어느 순간 그 정신이 모든 사람과 사물들에 동시에 작용하지요."

"여성적인 정신이죠."

내 말에 신부는 웃음을 터뜨렸지만, 그 웃음의 의미를 말하지는 않았다.

"어쨌든 원죄 없는 잉태의 교리는 바티칸만의 문제가 아니었어요. 팔만 명에 달하는 사람들이 교황께서 그것을 승인하고 공식적으로 선포해달라는 탄원서에 서명했어요. 뭔가 큰일이 날 것만 같았지요."

"그게 첫번째 단계인가요, 신부님?"

"무슨 첫번째 단계를 말씀하시는 거요?"

"성모님을 신의 여성적 면모로 받아들이기까지의 첫번째 단계 말예요. 요컨대 우리들은 이미 예수님이 신의 남성적 면모를 나타내셨다는 걸 인정했잖아요."

"그래서요?"

"우리가 여성을 포함한 성 삼위일체를 받아들이려면 얼마나 많은 시간이 흘러야 할까요? 성자와 성모와 성령의 삼위일체."

"자, 다시 걸읍시다."

신부가 말했다.

"움직이지 않고 계속 서 있으면 추워져요."

"좀 전에 당신은 내 샌들을 보고 있었어요."

"아직도 제 마음을 읽고 계시나요?"

그는 내 물음에 대답하지 않았다.

"당신에게 이야기를 하나 들려드리지요. 우리의 규율이 맨 처음 어떻게 생겨나게 되었는가에 관한 이야긴데, 그중 일부만을 들려줄 거요. 우리는 아빌라의 성녀 테레사가 만든 규율을 따르는 맨발의 카르멜회 수사들입니다. 이 샌들은 그곳 규율의 일부지요. 몸을 지배할 수 있다면 정신도 지배할 수 있다는 걸 보여주는 거요.

테레사는 아름다운 소녀였어요. 순화된 교육을 원했던 아버지에 의해 수녀원에 보내졌지요. 어느 날 수녀원 복도를 걸어가던 테레사는 예수님과 대화를 나누기 시작했어요. 그 체험이 너무나 황홀하고 강렬하고 깊었기 때문에 그녀는 그것에 완전하게 몸을 내줬지요. 그후 그녀의 삶은 완전히 바뀌었어요. 카르멜회 수녀원이 결혼 중개업소 역할이나 하고 있다고 느낀 그녀는 그리스도와 카르멜회의 본래의 가르침을 따르는 수도원을 직접 만들기로 결심했지요.

성녀 테레사는 자기 자신을 극복해야만 했고 그 시대의 가장 강력한 권력인 교회와 국가에 맞서 싸워야 했지요. 하지만 이 모든 것에도 불구하고, 그녀는 망설이지 않고 계속 밀고 나갔어요. 왜냐하면 그녀는 자신이 수행해야 할 소명을 분명하게 알았기 때문이오.

어느 날, 자신의 영혼이 약해지고 있다는 것을 느낀 순간, 넝마를 걸친 한 여인이 그녀가 머물고 있는 집으로 찾아왔답니다. 여인은 무슨 얘기라도 좋으니 테레사와 이야기를 나누고 싶어했지요. 집주인은 여인에게 약간의 구호물자를 주어 보내려 했지만 여인은 거절했습니다. 그녀는 테레사와 이야기를 나누기 전까지는 자리를 뜨지 않겠노라고 했지요.

사흘 동안, 여인은 식음을 전폐한 채 집 밖에서 기다렸습니다. 결국 테레사는 동정심에서 여인을 안으로 들이려 했어요. 그러나 집주인은 그 여인이 미쳤다면서 절대로 들이면 안 된다고 테레사를 말렸습니다. 그러자 테레사는 대답했지요.

'만일 내가 모든 사람들의 말을 듣는다면, 난 결국 나 자신이 미쳤다고 믿게 될 거예요. 이 여인의 광기는 어쩌면 내 광기와 같은 것인지도 몰라요. 십자가의 예수님 역시 그런 광기를 가졌었지요.'"

"성 테레사는 예수님과 대화를 나눈 분이잖아요."

"그래요. 어쨌든 우리 이야기로 돌아갑시다. 테레사에게 인도되어진 여인은 자신을 헤수스 예페스의 마리아이며 그라나다에서 왔다고 소개했어요. 자기는 원래 카르멜회의 수련 수녀였는데, 성모께서 그녀에게 나타나 자신에게 본래의 규칙을 따르는 수도원을 건설하라고 말씀하셨다는 이야기를 전했습니다."

'성녀 테레사와 똑같네.'

"헤수스의 마리아는 계시를 받은 바로 그날 수녀원을 떠났고 맨발로 로마까지 걷기 시작했답니다. 그녀의 순례는 이 년이나 계속되었지요. 그 기간 동안 그녀는 추우나 더우나 길 위에서 잠을 잤고, 사람들이 적선해주는 것으로 목숨을 부지해왔던 겁니다. 그녀가 목적한 곳에 도착했다는 것만도 벌써 기적이었지요. 하지만 그보다 더 큰 기적은 교황 비오 4세가 그녀의 청을 받아들였다는 거요."

"교황도 헤수스의 마리아나 성 테레사 그리고 많은 다른 사람들과 같은 생각을 했기 때문이겠죠."*

내가 결론을 내렸다.

베르나데트가 바티칸의 결정에 대해서 아무것도 모르고 있었던 것처럼, 그리고 다른 섬의 원숭이들이 과학자의 실험에 대해 전혀 몰랐던 것처럼, 헤수스의 마리아와 테레사 역시 다른 이들이 무슨 생각을 하고 있는지 몰랐던 것이다.

뭔가가 조금씩 이해되기 시작했다.

---

* 테레사 데 헤수스(Teresa de Jesus), 스페인의 성녀. '맨발의 카르멜회' 창시자로 예수의 테레사라고도 불린다. 아빌라의 유서 깊은 집안에서 태어난 그녀는 1558년 기도중에 초자연적 신비를 체험하고, 중년기에는 초기 카르멜회의 엄격성을 부화시킨 맨발의 카르멜회를 창설한다. 여기서는 성녀 테레사의 일화를 아빌라의 테레사와 헤수스의 마리아라는 두 인물로 분리, 변형시켜 그리고 있다.

우리는 숲을 통과하고 있었다. 안개가 완전히 걷히자, 헐벗은 나뭇가지 꼭대기를 덮고 있던 눈들에 제일 먼저 햇빛이 쏟아지기 시작했다.

"신부님, 신부님께서 하고자 하는 말씀이 뭔지 좀 알 것 같아요."

"그래요. 지금은 많은 사람들이 같은 말씀을 들어야만 되는 시기지요. 네 꿈을 따라라. 네 삶을 변화시키고 신께서 인도하시는 길로 걸어라. 기적을 행하라. 치유하고 예언하라. 네 수호 천사의 소리에 귀를 기울여라. 전사가 돼라. 그리고 선한 싸움에 대한 대가로 행복해져라. 위험을 겁내지 마라."

사방에 햇살이 가득했다. 반짝이는 하얀 눈에서 반사된 강한 빛이 눈을 따갑게 했다. 그 빛은 신부가 한 말에 대한 증거처럼 보이기도 했다.

"그리고 그 모든 것을 그와 함께 한다면요?"

"나는 이 이야기에 나오는 영웅들에 대해서 당신에게 말했어요. 그런데도 당신은 그들의 영혼에 대해서는 전혀 모르고 있습니다."

그는 오랫동안 침묵했다.

"변화의 순간은 고통스럽지만 바로 그때 순교자가 탄생하는 겁니다. 한 사람이 자신의 꿈을 따르려고 하면, 그전에 많은 이들이 희생을 치러야만 해요. 그들은 세인의 멸시와 박해, 그리고 그들의 소명 받은 바를 깎아내리려는 무수한 시도들과 맞서야 했지요."

"마녀들을 십자가에 묶어두고 불태워 죽인 것은 바로 교회였어요, 신부님."

"맞아요. 로마는 기독교인들을 사자 우리에 던져넣었지요. 하지만 장작더미 위에서 혹은 원형 경기장 안에서 죽어간 사람들은 곧 영원한 영광으로 좀더 다가갔습니다. 그때가 더 좋았어요. 하지만 오늘날, 빛의 투사들은 순교자로서의 영광스러운 죽음보다 훨씬 고약한 것들에 직면하고 있어요. 그들은 치욕과 굴욕으로 서서히 소모되고 있지요. 파티마에 발현하신 성모님을 본 행복한 어린이들도 마찬가지였지요. 알다시피 히야친타와 프란시스코는 몇 달 뒤에 죽었고, 루치아는 수도원에 들어가 평생 밖으로 나오지 않았지요."

"하지만 베르나데트가 겪었던 건 달랐잖아요."

"아니오. 그녀는 죽을 때까지 감옥과 치욕 그리고 불신 속에서 살았어요. 그가 당신에게 그녀의 생애에 대해 설명해주었겠군요. 성모 마리아의 발현에 대해서도 얘길 했겠지요."

"몇 가지는요."

"루르드에 발현하신 성모께서 하신 말씀은 전부 합해야 종이 반 장도 다 채우지 못할 만큼 짧았어요. 하지만 성모께서 소녀에게 분명하게 말씀하셨던 것 중 하나는, '*나는 이 세상에서 너의 행복을 약속하지 않겠노라*'였어요. 성모께서는 왜 말씀을 아낀 가운데서도 베르나데트에게 이런 말을 미리 하셨으며, 그녀를 위로하려 하셨을까요? 왜냐하면 성모께서는 베르나데트가 소명을 받아들였을 때 겪어야만 할 고통을 아셨기 때문이오."

나는 태양과 눈, 그리고 헐벗은 나뭇가지를 바라보았다.

"그는 혁명가입니다."

신부의 목소리에는 겸허함이 묻어났다.

"그는 어떤 능력을 가졌습니다. 그는 성모님과 대화를 나누지요. 만일 그가 자신의 능력에 충분히 집중한다면 최전선에서 인류 전체의 영적 변화를 이끌어나갈 지도자가 될 수도 있어요. 지금 우리들은 제일 중요한 시기 중 한 순간을 살고 있습니다.

하지만 그가 그 길을 선택한다면, 그는 많은 시련을 겪을 것이오. 계시는 미리 찾아오지요. 나는 앞으로 그가 겪게 될 일들을 짐작할 수 있을 만큼은 인간이란 존재를 잘 알고 있어요."

신부는 나를 향해 몸을 돌리더니 내 어깨를 움켜쥐었다.

"제발 부탁하오. 그를 고통으로부터, 그를 노리는 비극으로부터 지켜주시오. 그는 그 속에서 견딜 수 없을 거요."

"그이에 대한 신부님의 사랑을 이해할 것 같아요."

그러나 신부는 고개를 흔들었다.

"아니, 아니오. 당신은 아무것도 이해하지 못했어요. 당신은 세상의 냉혹함을 알기에는 아직 너무 젊어요. 지금 이 순간 당신은 당신 자신도 혁명가로 여기고 있어요. 그와 함께 세계를 변화시키고 새로운 길을 열고 싶어하지요. 당신은 당신들의 사랑 이야기를 대대로 전해질 그 무엇인가로 변화시키려 하고 있어요. 당신은 아직도 사랑이 승리할 거라 생각하니까 말이오."

"그럴 수 없단 말씀인가요?"

"아니오, 물론 사랑은 승리합니다. 그러나 때가 되어야만 가능하지요, 천상의 전투가 끝난 뒤에 말이오."

"전 그를 사랑해요. 제가 사랑하는 사람이 승리하는 것을 보기 위해 천상의 전투가 끝날 때까지 기다릴 수는 없어요."

신부는 아득히 먼 곳을 응시하고 있었다.

"*우리가 바빌론의 여러 강변에 앉아서 시온을 기억하며 울었노라.*"

그가 말했다. 마치 자기 자신에게 말하고 있는 것 같았다.

"*그중 한 버드나무에 우리가 우리의 하프를 걸었나니.*"

"너무 슬퍼요."

"시편 137장 1절과 2절이지요. 바빌론 유수와 약속의 땅으로 돌아가고 싶지만 그럴 수 없는 사람들에 대한 이야기지요. 그 망명은 오랫동안 계속될 것이오. 아직 때가 되지 않았는데 낙원으로 돌아가고자 하는 자의 고통을 막기 위해서 내가 뭘 할 수 있겠소?"

"아무것도요, 신부님. 아무것도 할 수 없어요."

"저기 그가 있소."

이백 미터쯤 떨어진 곳에 그가 있었다. 그는 눈 위에 무릎을 꿇고 앉아 있었다. 그는 셔츠조차 입고 있지 않았다. 먼 거리에서도 그의 몸이 추위로 새파랗게 질린 것을 알 수 있었다.

그는 머리를 숙인 채 기도를 하기 위해 두 손을 모으고 있었다. 간밤에 참여한 의식의 영향을 받은 건지 아니면 건초를 모으던 여인 탓인지는 알 수 없었지만, 나는 강력한 영적 힘을 가진 이를 바라보고 있다는 느낌을 받았다. 더이상 이 세상 사람이 아니며 하늘 높은 곳의 빛나는 정신과 더불어 신과의 합일 속에 사는 사람을. 그의 주위에 쌓인 눈에서 나오는 빛이 그런 느낌을 더욱 강하게 만들었다.

"지금 이 산에는 쉼없는 경배 속에서 하느님과 성모님과 대화하는 이들이 있어요. 그리고 천사와 성인들, 예언자와 지혜의 말씀을 듣는 사람들이 있지요. 그리고 그들은 작은 신자 모임에 이 모든 소리를 전하는 사람들이지요. 그들이 여기 남아 그 일들을 계속 해나갈 것이오.

하지만 그는 이곳에 남지 않을 거요. 그는 도처를 돌아다니며 성모님의 말씀을 전할 겁니다. 교회는 아직 이를 받아들일 준비가 되어 있지 않아요. 그리고 세상은 처음으로 이런 사실을 알리는 자에게 돌을 던질 준비를 하고 있지요."

"나중에는 꽃을 던지게 될 거예요."

"그래요. 하지만 그에게 일어날 일은 아니지요."

그렇게 말한 신부가 그에게 다가가기 시작했다.

"뭘 하시려구요?"

"그를 황홀경에서 빠져나오게 해야 합니다. 내가 얼마나 그를 아끼는지 말하겠소. 그리고 두 사람의 결합을 위해서 기도할 거요. 나는 지금 이 자리에서, 그에게는 지극히 신성한 장소인 이곳에서, 축복의 기도를 해주고 싶소."

영문도 모른 채 두려움에 사로잡힐 때처럼 구토증이 일었다.

"전 좀더 생각해봐야겠어요, 신부님. 이게 옳은 일인지 확신이 서질 않아요."

"이건 옳지 않아요. 많은 부모가 아이들에게 실수를 저지릅니다. 자신들이 아이를 위한 최선이 뭔지 안다고 생각하니까요. 나는 당신들의 아버지가 아니오. 그리고 내가 하고 있는 일이 잘못됐다는 걸 알고 있어요. 난 단지 내 운명을 따를 뿐이오."

나는 점점 더 불안해졌다.

"그를 방해하지 말아요. 그가 명상을 끝낼 때까지 내버려두세요."

"그는 여기 있어선 안 됩니다. 그는 당신 곁에 있어야 해요."

"그는 지금 성모님과 대화를 나누는 중인지도 모르잖아요."

"어쩌면요. 하지만 그렇다 해도 우리는 그에게 가야 합니다. 당신이 나와 함께 있는 걸 보면, 그는 내가 당신에게 한 말을 전부 알게 될 거요. 그는 내 생각을 알고 있어요."

"오늘은 성모의 원죄 없으신 잉태 대축일이에요. 그에게는 아주 특별한 날이라구요. 어젯밤 그라토에서 그가 얼마나 행복해하는지 봤어요."

"성모의 원죄 없으신 잉태는 우리 모두에게 특별해요. 하지만 지금 이 순간 나는 종교에 대해 토론하고 싶은 생각이 손톱만큼도 없소. 갑시다."

"왜 지금이어야 하죠, 신부님? 왜 지금 이 순간인가요?"

"왜냐하면 그가 지금 자신의 미래를 결정하고 있는 중이니까요. 그는 잘못된 선택을 할 거요."

나는 몸을 돌려서 방금 우리가 걸어왔던 길을 되짚어가기 시작했다. 신부는 나를 따라왔다.

"이게 무슨 짓이오? 그를 구할 수 있는 유일한 사람이 당신이란 걸 모른단 말이오? 그가 당신을 사랑하고 당신을 위해 모든 것을 포기할 수도 있다는 사실이 보이지 않소?"

나는 점점 걸음을 빨리 했다. 신부로서는 나와 속도를 맞춰 걷는 것이 무리였겠지만, 그는 뒤처지지 않으려고 애썼다.

"바로 지금 이 순간, 그는 선택하고 있어요. 그는 당신을 떠나기로 결정할 거요. 당신이 사랑하는 사람을 위해 싸우시오!"

하지만 나는 멈추지 않았다. 나는 할 수 있는 한 빨리 걸었다. 산과 신부와 내 뒤에 남겨진 선택으로부터 도망치고 싶었다. 등 뒤에서 헐떡이며 따라오는 사람이 내 생각을 전부 읽고 있다는 것을 나는 잘 알고 있었다. 그는 나를 되돌아가게 하려는 노력이 헛됨을 잘 알고 있으리라. 그러나 그는 포기하지 않고 논쟁을 계속하며 끝까지 싸웠다.

결국 우리는 반 시간 전에 쉬어갔던 바위 근처에 도착했다. 완전히 지친 나는 바닥에 몸을 던졌다. 아무 생각도 나지 않았다. 여기서 달아나고 싶었다. 혼자 있고 싶었고 생각할 시간이 필요했다.

잠시 뒤에 그곳에 닿은 신부는 너무 빨리 걸은 탓인지 나보다 더 지쳐 있었다.

"우리를 둘러싸고 있는 산들이 보이오? 저 산은 기도하지 않습니다. 왜냐하면 그것이 이미 하느님의 기도의 일부이기 때문이오. 산은 이 세상에서 자신의 처소를 발견했기에, 그 자리에 머물고 있기에 그곳에 있는 거요. 산은 사람들이 하늘을 올려다보고 천둥소리를 들으며, 이 모든 것을 누가 창조했는지 자문하기 전부터 여기 있었습니다. 우리는 태어났고 고통받고 죽습니다. 그러나 산은 언제나 그곳에 있습니다. 우리는 우리의 모든 노력이 가치 있는 것인지 의심스러워지는 순간들과 마주치게 됩니다. 어째서 우리는 산처럼 현명해지고 자신의 자리에서 오래 견디려고 노력하지 않을까요? 어째서 우리는 고작 몇 명의 사람들을 변화시키기 위해 모든 위험을 감수해야 하지요? 그래 봐야 그들은 가르침을 받자마자 모두 잊어버리고는 새로운 모험을 찾아 떠나잖소? 어째서 우리는 일정한 숫자의 원숭이들이 배울 때까지 기다리지 못할까요? 기다리면 고통 없이도 모든 섬 전체에 배움이 전파될 텐데 말이오."

"정말로 그렇게 생각하시나요?"

그는 잠시 침묵했다.

"지금 제 생각을 읽고 계시죠?"

"아니오. 하지만 당신이 그게 모두 아무런 소용이 없는 것이라 생각하고 있다면 당신은 종교적인 삶을 선택하지 않을 거요.

나는 내 운명을 이해하려고 끊임없이 노력했소. 하지만 아직까지도 이해하지 못했지요. 나는 나를 주님의 군대의 일부로 받아들였고, 내가 한 모든 일은 사람들에게 이 세상에 비참함과 고통과 부당함이 존재하는 이유를 설명하려는 시도였소. 나는 그들에게 선한 기독교인이 되라고 말했고, 그들은 내게 물었지요. 어떻게 하면 그토록 많은 고통들을 겪으면서도 하느님을 믿을 수 있는 거냐고 말이오. 그러면 나는 애초부터 설명할 수 없는 무언가를 설명하려고 노력했소. 나는 그들에게 주님께서 준비하신 계획들과 천사들 사이의 전투를 설명해주려고 애썼어요. 그리고 우리 모두가 이 싸움에 참여하고 있음을 설명하려고 애썼소. 어느 정도 숫자의 사람들이 이 계획을 변화시킬 만한 믿음을 갖고 있다면 다른 사람들이, 이 지구상의 모든 사람들이 변화의 은총을 입게 되리라는 것도 알려주었소. 하지만 그들은 내 말을 믿지 않았소. 그들은 아무것도 하지 않았소."

"그들은 산과 같은 사람들이에요. 산은 아름답지요. 산을 오랫동안 지켜본 사람이라면 누구나 창조의 위대함에 대해 생각지 않을 수 없을 거예요. 산은 우리가 가지고 있는 하느님의 사랑의 살아 있는 증거예요. 하지만 산의 운명은 단지 증거하는 것일 뿐이죠. 산은 움직이며 풍경을 바꾸는 강과 같지 않아요."

"그래요. 그런데 어째서 사람들은 산을 닮으려 하지 않는 거요?"

"산의 운명이 끔찍하니까요. 산은 영원히 같은 풍경만을 바라보도록 운명지어졌잖아요."

신부는 아무 말도 하지 않았다.

"저는 산이 되려고 애썼어요. 모든 것을 가장 걸맞은 장소에 두었죠. 안정된 직장을 얻고 결혼을 하고 부모님들로부터 물려받은, 하지만 제가 더이상 믿지 않는 종교를 내 아이들에게도 가르치려 했어요. 비록 이제는 그런 삶을 포기하고, 제가 사랑하는 사람을 따르기로 했지만 말예요. 산이 되지 않기로 한 것은 잘한 일이에요. 산이 되었더라면 오래 견디지 못했을 거예요."

"당신은 아주 현명한 말을 했습니다."

"전 지금 제 자신에게 놀라고 있어요, 신부님. 이전까지 저는 늘 어린 시절에 대한 이야기만 할 수 있었죠."

나는 다시 일어났다. 신부는 내 침묵을 존중해주었고, 도로에 이를 때까지 우리가 했던 이야기를 다시 시작하려 애쓰지 않았다.

나는 신부의 손을 잡고 입을 맞췄다.

"여기서 그만 작별인사를 해야겠어요. 하지만 제가 신부님을 이해하고 있고, 그이에 대한 신부님의 사랑이 얼마나 큰 것인지 알게 되었다는 걸 신부님께서도 알아주셨으면 해요."

신부는 미소를 지으며 내게 강복을 주었다.

"나 역시 그에 대한 당신의 사랑을 이해합니다."

나는 온종일 계곡을 걸었다. 눈 속에서 장난을 치기도 하고, 생사뱅 근처의 마을을 둘러보기도 했다. 그리고는 아이들이 축구하는 것을 구경하며 샌드위치를 먹었다.

마을 교회에서 나는 초에 불을 붙였다. 눈을 감고 지난밤에 배운 기도문을 읊었다. 그리고 나서 제단 뒤쪽에 걸린 십자가상에 집중하면서 방언을 했다. 나의 방언 능력은 조금씩 나아지고 있었다. 생각보다 훨씬 쉬웠다.

어쩌면 이 모든 것들이 어리석게 보일지도 몰랐다. 혼자서 뜻도 없는 말들을 지껄여대는 것은 우리의 이성에는 아무런 도움도 되지 않는다. 하지만 성령은 우리의 영혼과 함께 하면서 우리를 지켜주며 그 영혼이 들어야 할 말들을 들려주었다.

충분히 정화되었다고 느꼈을 때, 나는 눈을 감고 기도를 시작했다.

'성모 마리아여, 제게 믿음을 돌려주소서. 저를 당신의 도구로 써주소서. 사랑은 결코 우리를 그 꿈으로부터 멀어지게 하지 않기에, 저 또한 제 사랑을 통해서 배울 수 있는 기회를 주소서. 제가 사랑하는 남자와 동행하고 함께 할 수 있게 하소서. 그가 해내야 할 모든 일들을 수행케 하소서. 제 곁에서.'

생사뱅으로 돌아왔을 때는 밤이 다 되어 있었다. 집 앞에 그의 자동차가 주차되어 있었다.

"어딜 갔었어?"

그가 나를 보자마자 물었다.

"걷고 기도했지."

그가 나를 힘껏 끌어안았다.

"한 순간, 네가 떠나버린 줄 알고 얼마나 두려웠는지 몰라. 넌 이 지상에서 내가 가진 것들 중에 가장 소중한 존재야."

"너도 나한테 그런 사람이야."

우리는 산 마르틴 데 운스 근방의 작은 마을에 차를 멈췄다. 지난밤에 내린 눈과 비 때문에 피레네를 넘는 데 예상보다 시간이 많이 걸렸다.

"배고파."

그가 차에서 내리면서 말했다.

나는 움직이지 않았다.

"내려."

그는 내 쪽의 문을 열어주면서 재촉했다.

"네게 묻고 싶은 게 있어. 우리가 다시 만난 후로 한 번도 묻지 않았던 거야."

그는 곧바로 심각해졌다. 그런 모습을 보니 내심 웃음이 나왔다.

"중요한 거야?"

"아주 중요해."

나는 짐짓 심각한 표정을 지으며 대답했다.

"내가 묻고 싶은 건 말이지, 우리가 지금 어딜 가고 있냐는 거야."

우리는 동시에 웃음을 터뜨렸다.

"사라고사."

그가 안심한 듯 대답했다.

나는 차에서 내렸다. 우리는 식당을 찾기 시작했다. 그러나 그 시간에 문을 연 식당을 찾기는 거의 불가능해 보였다.

'아니, 불가능하지 않아. 내 안의 다른 사람은 더이상 나와 함께 있지 않아. 기적이 일어날 거야.'

"그런데 너, 바르셀로나에는 언제 가야 해?"

그는 대답하지 않았다. 갑자기 그의 표정이 굳어졌다.

'이런 건 묻지 말았어야 했는데…… 내가 자기 삶에 간섭하려 든다고 생각할지도 몰라.'

우리는 말없이 걸었다. 마을 광장에 불 밝힌 간판이 걸린 곳이 한 군데 있었다. '태양의 집.'

"저기 문을 열었나봐. 가서 뭘 좀 먹자."

이것이 그가 한 말의 전부였다.

안초비로 속을 채운 붉은 고추가 별 모양의 접시 위에 나왔다. 거의 투명할 정도로 얇게 썬 만체고 치즈가 접시 한쪽에 곁들여져 있었다. 테이블 가운데에서 초가 타올랐고 반쯤 찬 리오하 산 포도주가 한 병 놓여 있었다.

"이곳은 중세에는 여관이었지요."

웨이터가 말해주었다.

아주 늦은 시간, 식당에는 사람들이 거의 없었다. 그는 전화를 걸러 갔다. 그가 테이블로 돌아왔을 때, 누구에게 전화를 걸었는지 묻고 싶었지만 이번에는 참았다.

그때 웨이터가 다가오며 말했다

"식당은 새벽 두시 반까지 합니다. 손님들께서 원하시면 햄과 치즈 그리고 포도주를 좀더 갖다드리겠습니다. 광장으로 나가보셔도 좋구요. 포도주가 몸을 따뜻하게 해줄 겁니다."

"그렇게 오래 있지는 않을 겁니다. 동이 트기 전에 사라고사까지 가야 하거든요."

웨이터는 바로 돌아갔고, 우리는 서로의 잔에 포도주를 채워주었다. 나는 빌바오에서처럼 편안한 기분이 되었다. 부드러운 취기는 말문을 열게 만들고 듣기 어려운 말을 듣게 해주곤 한다.

"넌 너무 오래 운전을 해서 피곤한 상태고, 게다가 술까지 마셨잖아. 여기서 밤을 묵어 가는 게 좋지 않을까? 아까 보니까 묵을 만한 곳이 하나 보이던데."

그는 고개를 끄덕였다.

"이 테이블을 봐. 일본 사람들은 이걸 시부미(澁味)라고 불러. 단순한 것들로 이루어진 진정한 세련미라는 뜻이야. 통장에 돈을 잔뜩 넣어두거나 비싼 여행을 하는 사람들이 얼마나 많아? 그러면서 자기들이 세련됐다고 생각하지."

나는 포도주를 좀더 마셨다.

그의 곁에서 하룻밤을 더 보낼 수 있다.

"신학생이 세련미에 대해서 말하는 걸 들으려니까 좀 이상하다."

나는 다른 쪽으로 화제를 돌리려고 애쓰면서 말을 꺼냈다.

"신학교에서 배운 거야. 우리가 신앙을 통해서 신에게 가까이 다가갈수록 신은 훨씬 더 단순해져. 그리고 신이 단순해질수록 그의 현존은 더욱 강해지지."

그의 손은 테이블 위를 천천히 훑었다.

"그리스도는 나무를 깎아 의자와 침대, 옷장을 만드는 동안에 자신의 소명을 깨달았어. 그는 목수로서 우리에게 보여주었지. 우리가 무얼 하고 있든 간에, 그 안에서 신의 사랑을 체험할 수 있다는 것을."

그는 불현듯 입을 다물었다.

"이제 그런 것들에 대해 얘기하고 싶지 않아. 난 다른 종류의 사랑에 대해서 말하고 싶어."

그는 손을 뻗어 내 얼굴을 쓰다듬었다.

포도주의 힘이 우리를 좀더 자유롭게 만들고 있었다. 내가 물었다.

"왜 갑자기 말을 멈췄어? 하느님과 성모님과 영적인 세계에 대해서 말하고 싶지 않은 이유가 뭐야?"

그는 같은 말을 되풀이했다.

"난 다른 종류의 사랑에 대해서 말하고 싶어. 남자와 여자가 나눌 수 있는 사랑. 그 안에서 기적을 일으킬 수 있는 사랑에 대해서 말야."

나는 그의 손을 잡았다. 어쩌면 그는 여신의 성스러운 비밀을 알고 있는지도 모른다. 하지만 그가 아무리 많은 곳을, 나보다 훨씬 더 많이 여행했다 해도 사랑에 대해서만큼은 나만큼 알지 못했다.

우리는 오랫동안 서로의 손을 잡고 있었다. 그의 눈 속에서 나는 진정한 사랑을 위해 우리가 극복해야 할 시련을 닮은 오래된 두려움을 읽었다. 그리고 그를 거절했던 지난밤과 우리가 떨어져 있었던 오랜 시간들, 두려움이 없는 세계를 찾기 위해 수도원에서 보냈던 세월들을 읽었다.

나는 그의 눈에서 그가 수천 번이나 상상했을 바로 이 순간과 우리 두 사람에 대해 꿈꾸고 있었던 장면들을 고스란히 읽을 수 있었다. 나는 그에게 내 마음이 싸움에서 이겼고, 나는 그를 받아들였노라고, '그래'라고 말하고 싶었다. 내가 그를 얼마나 사랑하는지 그리고 지금 이 순간을 얼마나 애타게 기다렸는지 말하고 싶었다.

　그러나 나는 침묵하고 있었다. 마치 꿈속인 것처럼 그가 겪고 있는 내면의 갈등을 목격하고 있었다. 그는 내가 그를 거절할까 봐, 나를 잃을까봐 두려워하고 있었으며 이와 유사한 상황에서 들었던 쓰디쓴 말들을 또다시 들을까 두려워하고 있었다. 우리 모두는 비슷한 경험을 갖고 있으며, 그것은 대개 상처를 남기게 마련인 것이다.

　그의 눈이 빛나기 시작했다. 나는 그가 이 모든 장애물을 헤쳐나가고 있음을 알았다. 나는 잡고 있던 손 하나를 뺐다. 그리고 포도주 잔을 테이블 끝에 놓았다.

　"잔이 떨어질 것 같아."

　그가 말했다.

　"그래. 난 네가 이걸 테이블 아래로 밀어버렸으면 해."

　"잔을 깨라고?"

　그래, 잔을 깨는 거야. 겉보기엔 간단한 동작이지만, 컵을 깬다는 것은 그 정체를 알지도 못하면서 가지게 되는 두려움을 불러일으킨다. 값싼 유리잔 하나를 깨버리는 게 뭐 그리 대단한 일인가. 일상 다반사인 것을.

"잔을 깬다구? 왜?"

그가 다시 물었다.

"이유야 여러 가지를 들 수 있겠지. 하지만 사실은 그냥 깨기 위해서 깨는 거지."

"널 위해서?"

"물론 아냐."

그는 테이블 끝에 위험하게 서 있는 잔을 걱정스러운 눈빛으로 쳐다보았다.

'이건 네가 말했듯이 그저 하나의 통과의례일 뿐이야.'

나는 그렇게 말하고 싶었다.

'그건 금지됐어. 잔이란 깨버리기 위해 만들어진 것이 아니거든. 집에서건 식당에서건 우리는 잔을 테이블 끝에 두지 않으려고 주의하잖아. 세상은 우리에게 잔을 바닥에 떨어뜨려 깨뜨리도록 내버려두지 않아. 하지만 어쩌다 그걸 깨뜨리고 나면 우리는 그게 아무것도 아니란 걸 깨닫게 되지. 웨이터는 그저 괜찮아요, 라고 말할 뿐이야. 난 잔을 깼다고 영수증에 깨진 잔 값이 청구됐다는 사람의 얘기는 들어본 적도 없어. 깨진 잔은 삶의 일부일 뿐,

우리에게 아무런 해를 입히지 않아. 식당 주인에게든, 우리 이웃에게든.'

나는 손바닥으로 테이블을 쳤다. 잔은 흔들렸지만 떨어지진 않았다.

"조심해!"

그가 본능적으로 외쳤다.

"잔을 깨버려."

나는 고집했다.

'잔을 깨버려. 그건 상징적인 몸짓이야. 유리잔보다 훨씬 소중한 것을 깨뜨려도 행복할 수 있어. 네 안에서 일어나고 있는 싸움을 멈추고 이 잔을 깨. 부모님들은 우리에게 유리잔과 우리 몸을 조심해서 다루라고 가르쳤어. 어렸을 때는 연애를 하면 안 됐고, 늘 신부님 곁에 있어야 했지. 그들은 사람은 기적을 행할 수 없고, 목적지도 없이 여행을 떠나는 사람은 없다고 가르쳤어. 잔을 깨, 제발. 그래서 우리를 이런 어리석은 편견들로부터 자유롭게 해줘. 모든 것을 설명해야 한다는, 다른 모든 사람들에게 인정받아야 한다는 강박에서 자유롭게 해달란 말야.'

"잔을 깨."

나는 다시 한번 말했다.

그는 나를 물끄러미 쳐다보았다. 그리고는 천천히 손을 뻗어 유리잔을 향해 다가갔다. 그리고는 무심히 바닥에 잔을 떨어뜨렸다.

유리잔이 바닥에 떨어져 깨지자, 웨이터가 우리 쪽을 쳐다보았다. 그러나 그는 깨진 잔에 대해서 사과하는 대신 나를 쳐다보며 미소를 지었다. 나도 그에게 미소를 지어 보였다.

"괜찮아요!"

웨이터가 소리쳤다.

하지만 그는 듣고 있지 않았다. 그는 일어서서 내 머리카락을 움켜쥐고는 내게 키스하기 시작했다.

나도 그의 머리카락을 움켜쥐고 있는 힘껏 그를 껴안았다. 그의 입술을 깨물고 내 입 안에서 움직이는 그의 혀를 느꼈다. 그것은 내가 오래 전부터 기다리던, 우리가 아직 사랑이라는 단어의 뜻도 모르던 어린 시절의 강가에서 태어난 입맞춤이었다. 그 시절 공기에 늘 떠다녔고, 메달의 추억을 간직한 채 전 세계를 떠돌아다녔고, 공무원 시험 준비를 위한 책더미 뒤에 숨어 있었고, 수차례 길을 잃는 경험을 한 후에 비로소 되찾은 입맞춤이었다. 이 입맞춤의 순간 속에는, 찾아 헤맴과 환멸 그리고 불가능한 꿈들의 세월이 고스란히 늘어 있었다

나는 그에게 힘껏 입을 맞췄다. 바에서 술을 마시던 몇 안 되는 사람들은 그저 우리가 입을 맞추나보다 여겼을 것이다. 하지만

그들은 이 입맞춤이 내 전 생애와 그의 전 생애를 말해주고 있음을, 희망하고 꿈꾸고 태양 아래 길을 찾는 사람들의 생을 보여주고 있음을 알지 못했으리라.

그 입맞춤의 순간에는, 내가 경험한 모든 기쁨의 순간이 담겨 있었다.

그는 내 옷을 벗기고 내 안으로 들어왔다. 나는 그의 힘과 두려움, 그리고 열망을 느꼈다. 약간의 통증이 있었지만, 그 정도는 아무것도 아니었다. 쾌락 역시 내가 이 순간을 느끼는 데 있어 하나도 중요하지 않았다. 나는 그의 얼굴을 어루만지고 그의 신음 소리를 들었다. 그는 내 안에 있음에, 내가 마치 처음인 것처럼 느낄 수 있음에, 신께 감사드렸다.

우리는 밤새도록 사랑을 나눴다. 우리의 사랑은 잠과 꿈과 뒤섞여 하나가 되었다. 나는 내 안에서 그를 느꼈다. 나는 이것이 현실이라는 것을 확인하고 싶었다. 혹여 그가 오래 전 성채였던 이 호텔에서 하룻밤 묵은 기사처럼 갑자기 사라져버리지 못하게 그를 단단히 끌어안았다. 침묵하고 있는 돌벽은, 마치 매일 창가에서 지평선을 바라보며 눈물을 떨구는, 희망의 신호를 기다리는 비탄에 잠긴 소녀에 대해 이야기하고 있는 것처럼 보였다.

하지만 나는, 나는 결코 그런 일을 겪지 않으리라. 나는 다짐했다. 그는 언제나 내 곁에 있을 거야. 제단 뒤쪽의 십자상을 바라보았을 때 나는 성령의 목소리를 들었다. 그분께서는 내가 그 어떤 죄도 범하지 않으리라 말씀하셨다.

나는 그의 친구가 될 것이다. 우리는 함께 다시 한번 새롭게 창조될 세계의 길을 열게 된 것이다. 우리는 대지의 여신에 대해 이야기를 나누고, 대천사 미카엘의 편에 서서 싸울 것이다. 우리는 개척자의 비탄과 황홀을 함께 경험하게 될 것이다. 성령께서 내게 그렇게 말씀하셨다. 나는 내 신앙을 되찾았고, 그분께서 진실을 말한다는 것을 알고 있었다.

1993년 12월 9일, 목요일

잠에서 깼을 때, 그의 팔은 여전히 나를 감싸고 있었다. 해는 중천에 떠 있었고, 근처 교회에서 삼종기도를 알리는 종소리가 울려퍼졌다.

그가 내게 입을 맞췄다. 그의 손이 다시 한번 나의 몸을 어루만졌다.

"우린 그만 가야 해."

그가 말했다.

"오늘이 휴가 마지막 날이라서 길이 많이 막힐 거야."

"난 사라고사로 돌아가고 싶지 않아. 네가 가는 곳에 따라가고 싶어. 은행이 곧 문을 열 테니까, 돈을 찾아서 옷을 살 수 있을 거야."

"너 돈이 얼마 없다고 했잖아."

"그 정도는 될 거야. 나는 내 과거를 철저하게 깨부숴야 해. 일단 사라고사로 돌아가고 나면, 난 다시 합리적인 사람으로 되돌아갈 거고, 공무원 시험을 생각하게 될 거야. 그러면 시험준비를 하기 위해 우리 둘이 떨어져 있어야 할 두 달을 아무렇지 않게 생각하게 될지도 몰라. 그리고 만약에 시험에 통과한다면 사라고사를 떠나고 싶지 않을 거야. 아니, 안 돼. 돌아갈 수 없어. 한때 나였던 그 여자와 나 사이를 잇고 있는 다리를 끊어버려야 해."

"바르셀로나."

그는 혼잣말을 중얼거렸다.

"뭐라구?"

"아니, 아무것도 아냐. 어서 가자."

"하지만 너도 강연회가 있잖아."

"이틀 후의 일이야. 어디든 다른 곳으로 가자. 곧장 바르셀로나로 가고 싶지는 않아."

그의 목소리에서 뭔가 다른 분위기가 느껴졌다.

나는 침대에서 빠져나왔다. 그런 문제들 때문에 골머리를 썩이긴 싫었다. 아마도 내가 첫날밤을 보낸 듯한 기분으로 잠에서 깼기 때문이리라. 첫날밤을 보낸 다음날 아침은 조금은 조심스럽고, 조금은 불편한 그런 느낌이 들지 않는가.

나는 창문으로 다가가 커튼을 젖히고, 맞은편 좁은 골목길을 내다보았다. 집집마다 발코니에 빨래를 널어 말리고 있었다. 멀리서 종소리가 울려퍼졌다.

"좋은 생각이 났어."

내가 말했다.

"어린 시절의 추억이 있는 곳으로 가자. 이제껏 한 번도 그곳에 다시 가본 적이 없거든."

"어디?"

"피에트라에 있는 수도원."

우리가 호텔을 떠나는 순간에도 교회의 종은 여전히 울리고 있었다. 그는 근처에 있는 교회에 들어가보자고 제안했다.

"이제까지 내내 그런 것만 했잖아. 교회며 예배당, 기도, 의식……."

"우린 사랑을 나눴지. 세 번이나 술에 취해봤고, 산 속을 걷기도 했어. 이제껏 쭉 엄격함과 자비로움 사이에서 적절한 균형을 유지해온 셈이야."

나는 바보 같은 말들을 했던 것이다. 그러나 난 새로운 삶의 방식에 익숙해질 필요가 있었다.

"미안해. 잠시만 안으로 들어가지 뭐. 저 종소리가 그 징조야."

그가 옳았다. 하지만 나는 다음날이 되어서야 그것을 알게 되었다. 성당에서 보았던 신비스러운 징조의 진정한 의미를 알지 못한 채, 우리는 차를 타고 네 시간을 달려 피에트라에 있는 수도원에 도착했다.

지붕은 무너져내렸고, 몇몇 성상들은 머리 부분이 떨어져나간 채였다. 제대로 된 것은 한 개뿐이었다.

나는 주위를 둘러보았다. 과거에 이곳은 강한 의지를 가진 사람들에게 피난처를 제공해주었으리라. 당대의 세력가들이 한자리씩을 차지했을 테고, 돌멩이 하나조차도 철저하게 관리되고 있었을 것이다. 그러나 지금 내가 보고 있는 모든 것은 폐허일 뿐이었다. 어린 시절 우리는 이 폐허를 성이라고 생각하며 그 안에서 놀았고, 나는 그 성 안에서 내 사랑스런 왕자님을 기다렸다.

몇 세기 동안 피에트라 수도원의 수사들은 그들 자신을 위해 이 작은 낙원을 소중히 가꿨다. 수도원은 계곡 바로 밑에 위치해 있었기에 근처 마을에서 모자라 헉헉대는 물을 풍족하게 누릴 수 있었다. 피에트라 강의 물줄기 아래 수많은 폭포와 시내와 호수들이 생겨났고, 주변에는 울창한 녹지대가 형성됐다.

그러나 계곡에서 몇백 야드만 나오면 척박하고 메마른 땅이 나타났다. 강은 계곡을 통과하는 동안 젊음과 에너지를 모두 소진해버린 듯, 좁은 수맥으로 변해버렸다.

수사들은 이러한 사실을 알고는, 이웃들에게 공급하는 물에 비싼 대가를 요구했다. 수사들과 마을 주민들 사이의 끊임없는 전투가 수도원의 역사에 큰 방점을 찍었다.

결국 수많았던 전투들 가운데 하나가 스페인을 뒤흔드는 동안, 피에트라의 수도원은 군대의 병영으로 변했다. 교회의 중앙 예배당에 말들이 들락거렸고, 군인들은 신도석에서 잠을 청하며 이웃 마을의 여인네들을 범했다는 따위의 저속한 이야기들을 주고받았다. 그리고 비록 뒤늦게 찾아오긴 했지만, 마침내 복수가 시작되었다. 수도원은 약탈당했고 파괴되기에 이르렀다.

사제들은 다시는 그들의 낙원을 재건할 수 없었다. 법정 싸움이 계속되는 동안, 근처 마을의 주민들이 신의 말씀을 실행에 옮겼다. 그리스도는 말했다. "목마른 이에게 물을 주어라." 그러나 사제들은 그 말에 귀를 기울이지 않았고, 그래서 신은 자신을 자연의 지배자요 주인으로 여긴 자들을 쫓아내버린 것이다.

그리고 어쩌면 이러한 이유들 때문에 수도원의 다른 부분들이 재건축되거나 호텔로 바뀌는 동안에도 중앙 예배당은 여전히 폐허로 남게 되었는지 모른다. 이웃 마을의 후손들은 여전히 자연이 은혜롭게 베푼 것들에 그들의 조상이 치러야 했던 값비싼 대가를 잊지 못했다.

"유일하게 머리가 남아 있는 저건 누구의 상이지?"

내가 그에게 물었다.

"아빌라의 성녀 테레사야. 그녀에게는 강력한 힘이 있었지. 그래서 전쟁 때문에 줄줄이 복수가 이어졌어도 누구도 감히 그녀에게 손댈 수가 없었지."

우리는 예배당을 떠나 손을 잡은 채 수도원을 나왔다. 그리고 나무 계단을 올라가 정원 울타리 안을 날고 있는 나비들을 보았다. 나는 수도원의 모든 사소한 것들을 기억해낼 수 있었다. 그것들은 내가 이미 아이였을 때 본 것들이었고, 본래 오래된 기억이 최근의 기억보다 훨씬 생생한 법이다.

추억들. 그 며칠에 이르기까지의 무수한 날들은 나의 또다른 생처럼 보였다. 그 시간은 사랑의 손길에 닿지 않았기에, 내가 결코 되돌아가고 싶지 않은 시절이었다. 나는 마치 그 시간 동안 똑같은 날들을 거듭해서 산 것처럼 느껴졌다. 매일 아침 똑같이 깨어나고 같은 말들을 반복하며 똑같은 꿈들을 되풀이해 꾸면서.

내 부모님과 조부모님 그리고 나의 많은 옛친구들이 떠올랐다. 그리고 내가 원치도 않는 것을 위해서 싸우느라 얼마나 많은 시간을 허비했는지도 떠올랐다.

내가 왜 그랬을까? 이유를 설명할 수는 없다. 어쩌면 내가 다른 길들을 꿈꾸기에는 너무 게을렀던 탓일 수도 있었다. 어쩌면 나는 다른 사람들이 어떻게 생각할까 두려워했는지도 모른다. 혹은 남들과 다르기 위해선 너무 많은 수고를 들여야 하기 때문이었는지도. 어쩌면 인간이란 존재는 생사뱅의 신부님 말씀처럼 일정한 수의 사람들이 다른 방식으로 행동하게 될 때까지 이전 세대가 걸었던 길을 반복하도록 운명지어진 탓인지도 모른다.

그리고 나서 세계는 변화하고 그와 함께 우리도 변한다.

하지만 나는 더이상 그런 식으로 살고 싶지 않았다. 본래 내 것이었던 운명이 다시 내게로 돌아왔고, 이제 내가 나 자신과 세계를 변화시키는 것을 도와주고 있었다.

나는 다시 한번 산의 모습과 등산객들을 생각했다. 그들은 젊었고 눈 속에서 길을 잃을 경우에도 쉽게 눈에 띄는 밝은 색깔의 옷을 입고 있었다. 그들은 정상을 향하는 정확한 길을 알고 있었다.

산의 정상까지 오르는 길은 이미 바위 위에 알루미늄 배목으로 박혀 있었다. 그들이 해야 할 일이라곤 그저 그 금속고리들에 밧줄을 끼워 안전하게 산을 오르는 것뿐이었다. 그들은 주말에 모험을 즐기기 위해 그곳에 왔고, 월요일이면 자신들이 자연에 도전했으며, 결국 자연을 이겼다는 기분을 느끼며 직장으로 돌아갈 것이다.

그러나 그것은 사실이 아니었다. 진정으로 모험을 했던 사람은 그 산을 최초로 오른 자이며 정상에 이르는 길을 발견한 자이다. 바위 사이로 떨어진 사람들은 그 길의 절반도 만들어내지 못했다. 어떤 이들은 동상에 걸려 손가락을 절단해야만 했다. 많은 사람들이 다시는 돌아오지 않았다.

그러던 어느 날, 그들 중 몇몇이 정상에 이르렀다. 그들의 눈은 최초로 산 정상에서 보이는 경치를 목격했다. 그들의 가슴은 기쁨으로 마구 뛰었으리라. 그들은 위험을 감수했으며, 이제는, 그들의 정복과 더불어, 산에 도전했다가 죽어간 사람들에게 경의를 표할 수 있었다.

어떤 이들은 이렇게 생각할지도 모른다.

"산꼭대기에는 아무것도 없어. 그저 경치일 뿐이잖아. 그게 뭐 그리 대단하다는 거야?"

하지만 최초의 등반자는 그것이 위대한 일임을 알고 있었다. 그것은 도전을 받아들이고, 계속해서 앞으로 나아가는 것이었다. 그는 단 하루도 똑같은 날은 없으며 매일 아침은 그날만의 특별한 기적, 그날만의 마법의 순간을 가지고 있다는 사실을 알고 있었다. 낡은 우주가 멸망하고 새로운 별들이 나타나던 그 순간처럼.

그 산을 최초로 오른 사람은 굴뚝에서 연기가 피어오르는 조그만 집들을 내려다보면서 스스로에게 말했으리라.

"저들에게는 매일매일이 똑같아 보이겠지. 이 얼마나 놀라운 일인가?"

그때부터 모든 산들은 정복되었고 우주비행사들은 달 위를 걸었다. 이 지구상에는 아무리 작은 섬이라도 아직 발견되지 않은 채 남아 있는 섬이란 없다. 그러나 영혼의 위대한 모험은 여전히 계속되고 있다. 그 가운데 하나가 지금 나에게 주어진 것이다. 그것은 축복이었다. 수도원 원장 신부는 아무것도 이해하지 못했다. 이 고통은 아프지 않다.

첫발을 디딜 수 있는 자는 복되다. 어느 날 사람들은 천사의 언어를 말할 수 있음을, 우리 모두는 성령의 은총을 받은 자들이며, 그리하여 우리는 기적을 일으키고 치료하고 예언하고 이해할 수 있음을 알게 되리라.

오후 내내 우리는 협곡을 따라 걸으며 우리의 어린 시절을 즐겁게 회상했다. 그가 그런 반응을 보인 것은 그때가 처음이었다. 빌바오를 향해 가는 동안에도 그는 소리아에 관한 거라면 아무런 관심이 없어 보였다. 그런데 이제는 반대로, 나에게 친구들의 세세한 소식까지 물었고 그들이 행복하게 지내는지, 무엇을 하며 사는지 알고 싶어했다.

 마침내 우리는 피에트라 강의 가장 큰 폭포에 도착했다. 여기저기에 흩어져 있는 수많은 작은 지류들이 한 곳으로 모여들어 이루어진 폭포는 거의 삼십 미터 가까운 높이에서 바위 위로 떨어져 내리고 있었다. 우리는 폭포 가장자리에 서서 귀를 먹먹하게 할 정도로 우렁찬 물소리를 들으며 물안개가 만들어낸 무지개를 바라보았다.

"말꼬리다."

나 자신이 그렇게 말해놓고도, 내가 그렇게 오래 전의 이름을 기억하고 있다는 사실에 스스로 놀랐다.

"내 기억으로는……."

그가 입을 열었다.

"그래! 네가 무슨 말을 할지 알아!"

당연히 나는 알고 있었다! 폭포는 거대한 동굴을 그 안에 감춰놓고 있었다. 어렸을 때, 피에트라 수도원을 처음으로 방문하고 돌아오던 우리는 그날 하루 동안 보았던 장소들을 며칠에 걸쳐 이야기하고 또 이야기했다.

"저 동굴 좀 봐."

그가 말했다.

"저기 가보자!"

폭포의 거센 물살을 뚫고 지나가는 것은 불가능해 보였다. 그러나 수사들은 폭포 꼭대기에서 시작해 그라토 후미까지 연결되는 터널을 팠다. 터널 입구를 찾는 것은 어렵지 않았다. 여름이라면 관광객들이 터널 안으로 가져온 램프를 비출 수 있겠지만, 지금은 겨울이라 터널 안에는 우리밖에 없었고 안은 컴컴했다.

"들어가볼까?"

내가 물었다.

"그래, 날 믿어."

우리는 폭포 옆쪽으로 난 터널을 내려가기 시작했다. 깊은 어둠 속이었지만 우리는 우리가 가고 있는 곳이 어딘지 알고 있었다. 그는 한번 더 자신을 믿으라고 말했다.

"주님, 감사합니다."

나는 중얼거렸다. 우리는 좀더 깊은 대지 안으로 향하고 있었다.

"길 잃은 어린양이었던 저를 당신께서 인도하여주심을 감사드립니다. 제 삶은 죽어 있었으나, 당신께서 그것을 소생시켜주셨으니 감사합니다. 사랑이 제 마음 안에 살아 있지 못했으나 당신께서 그 은총을 되돌려주셨으니 그 또한 감사드립니다."

나는 그의 어깨에 기댔다. 나의 연인은 우리가 다시 빛을 보게 되리라는 것을 알고 있었으며 어둠 속에서 내 발걸음을 인도했다. 다시 빛을 보게 된다면 우리는 기쁨에 가득 차리라. 어쩌면 미래의 어느 때인가 상황이 역전되는 순간도 있으리라. 그러면 나는 지금 그가 보여주고 있는 것과 같은 사랑과 확신으로, 안전한 장소에 도착해 함께 보금자리에서 쉴 수 있도록 그를 인도할 것이다.

우리는 서두르지 않았다. 그래서 밑으로 내려가는 일은 마치 영원히 끝나지 않을 것만 같았다. 어쩌면 이것은 우리 여행의 또다른 제의, 빛이라곤 없었던 내 삶의 한 시대를 끝내는 의식인지도 몰랐다. 터널을 따라 걷는 동안, 나는 내가 한 장소에 허비한 시간들을 떠올렸다. 그 시간 동안 나는 더이상 아무것도 자랄 수 없는 그 불모의 땅에 뿌리를 내리려 안간힘을 쓰고 있었던 것이다.

그러나 하느님께서는 선한 분이셨고 내 잃어버린 열정을 되돌려주셨다. 그리고 내가 늘 꿈꿔왔던 모험을, 그리고 내가 모르는 사이에 내 전 생애에 걸쳐 기다려온 남자를 선사하셨다. 나는 그가 수도원을 떠났다는 사실에 대해서 아무런 가책도 느끼지 않았다. 신부님께서 말했듯이 신을 섬기는 길은 여러 가지이며, 우리의 사랑은 그 길의 숫자를 늘렸을 뿐이었다. 지금 시작한다면 나에게도 섬기고 도울 수 있는 기회가 있었다. 이 모든 것이 그의 덕분이었다.

우리는 세상을 향해 나아갈 수 있을 것이다. 그는 다른 사람들에게 위안을 주고, 나는 그에게 위안을 줄 수 있을 것이다.

'주님, 제가 섬길 수 있도록 도와주심을 감사합니다. 제가 그 일에 맞는 사람이 되도록 저를 가르쳐주소서. 그이 사명에 동참할 수 있는 힘을 주소서. 그와 함께 이 세상을 걷고 저의 영적인 삶을 새롭게 발전시킬 수 있도록 도와주소서. 우리들의 미래가 이와 같게 하소서. 곳곳의 병자들을 치유하고 슬픔에 잠긴 자들에

게 위로를 주며, 성모님의 사랑을 모두에게 전하는 일에 저희들의 삶을 바치게 하소서.'

불현듯 폭포의 물소리가 다시 들리기 시작했고, 우리 쪽으로 빛이 흘러들었다. 어두운 터널은 세상에서 가장 아름다운 곳으로 변모했다. 우리는 대성당만큼 거대한 천연 동굴 속에 있었다. 삼 면이 돌벽이었다. 나머지 한 면은 우리가 '말꼬리'라 부른, 물방울이 떨어져 에메랄드 빛으로 반짝이는 호수였다.

폭포수를 통과해 쏟아져들어온 햇살이 축축한 벽을 영롱하게 빛내고 있었다. 우리는 말없이 돌벽에 등을 기댔다.

이곳은 어릴 적 상상의 보물들을 숨겨두는 우리들만의 은밀한 비밀장소였다. 하지만 지금 이곳은 어머니 대지의 기적을 눈앞에 펼쳐 보이고 있었다. 나는 그녀가 그곳에 있음을 알았다. 그녀의 자궁 안에 들어와 있는 것 같았다. 그녀는 자신의 돌벽으로 우리를 보호해주었고 떨어지는 물방울로 우리의 죄를 씻어주었다.

"감사합니다!"

나는 커다란 목소리로 말했다.

"누구에게 감사하다는 거야?"

"그녀에게. 그리고 너에게. 내 신앙을 회복시켜준 이들에게."

그는 호숫가로 다가갔다. 그는 물을 보며 미소를 지었다.

"이리 와봐."

나는 그에게 다가갔다.

"네가 아직 모르는 얘길 해주고 싶어."

그의 말을 듣자, 마음속에 두려움이 싹트기 시작했다. 그러나 그의 눈빛은 고요해 보였다. 나는 조금이나마 안심이 됐다.

"지상의 모든 사람들은 모두 은사를 가지고 있어. 어떤 사람들에게는 그 은사가 저절로 나타나는가 하면, 그것을 위해 노력을 해야 하는 경우도 있어. 내가 사 년 동안 신학교에서 배운 것도 그거고."

나는 바로 지금이, 늙은 노인이 우리를 예배당 안으로 들어가지 못하게 했을 때 그가 가르쳐준 '다른 사람 역할 하기'를 다시 해야 할 때라는 걸 깨달았다. 나는 아무것도 모르는 체해야 했다.

'별로 해롭지 않을 거야. 이건 절망이 아니라 행복에 기초한 대본을 따르는 거니까.'

"신학교에서는 뭘 했어?"

나는 내 역할에 더욱 충실하기 위해서 전혀 모르는 척 물었다.

"문제는 거기에 있지 않아. 중요한 건 내가 그 은사를 발전시켰다는 거야. 나는 신께서 그렇게 하시고자 할 때 병을 고칠 수 있게 되었지."

"멋지다!"

나는 놀라는 시늉을 하며 외쳤다.

"그럼 우리는 이제 병원에 가느라 돈 들 일은 없겠네!"

그러나 그는 웃지 않았다. 순간, 나는 바보가 된 것 같았다.

"나는 너도 참석했던 카리스마회의 훈련을 통해서 재능을 발전시켰어. 처음에는 나 스스로도 놀랐지. 나는 성령의 모습을 보여달라고 기도를 했어. 그러고 나자 두 손을 올려놓는 것으로 수많은 병든 사람들을 치유할 수 있게 됐어. 소문이 퍼지기 시작했고 도움을 기다리는 사람들이 매일 수도원 앞에 줄을 섰지. 악취를 풍기는 상처 속에서 나는 예수님의 상처를 보았어."

"네가 너무 자랑스러워."

"수도원 사람들의 상당수가 내기 하는 일에 반대했어. 하지만 원장 신부님께서는 나를 지지해주셨지."

"우리는 이 일을 계속할 수 있을 거야. 우리 둘이서 세계를 향해 나아가는 거야. 나는 상처를 씻기고, 너는 그들에게 강복을 주는 거지. 그리고 신께서는 당신의 기적을 증명해 보이실 거고."

그는 내게서 눈을 돌려 호수 쪽을 바라보았다. 자연이 만들어낸 천연의 동굴 속에는 우리가 생사뱅 광장의 샘물에서 취했던 날 밤에 느낀 어떤 존재가 조금 깃들여 있는 듯했다.

"이 얘긴 벌써 한 건데, 다시 한번 말할게. 어느 날 밤 문득 잠에서 깨어났는데, 방 안이 온통 빛으로 가득했어. 나는 여신의 얼굴을 보았어. 사랑으로 가득한 그분의 눈길을 보았지. 그후로 가끔씩 나는 여신을 보기 시작했어. 내 의지는 아니었지만, 그분은 종종 내게 나타나셨지.

그때 나는 진정한 교회 개혁가들이 이루어야 할 소명이 시작되었음을 알게 되었어. 이 지상에서 내게 주어진 소명이 치유뿐만 아니라 여성이신 신을 받아들이는 새로운 길을 닦는 것임을 알았지. 여성적인 원칙, 미제리코르디아의 기둥*은 분명 다시 세워질 테고 모든 사람들의 마음속에 지혜의 사원이 다시 세워질 거야."

나는 그를 뚫어져라 쳐다보았다. 경직되었던 그의 얼굴 표정이 차츰 편안해지고 있었다.

---

* 대미사를 집전할 경우 오랫동안 서 있어야 하는 성직자석 뒤쪽 벽을 약간 튀어나오게 만들어 일어선 채로 기댈 수 있게 한 부분.
대문자로 표기하는 미제리코르디아(Misericordia)가 '자비로운 마음'을 의미한다는 점에 착안한 비유이다.

"그 소명은 대가를 요구했고, 난 기꺼이 그걸 치를 각오가 되어 있었지."

그러더니 그는 갑자기 말을 멈췄다. 어떻게 이야기를 계속해야 할지 모르는 것 같았다.

"각오가 되어 있었다니, 그 말이 무슨 뜻이야?"

"여신의 길은 오직 말씀과 기적을 통해서만 열릴 수 있어. 그러나 세상은 다른 방식으로 돌아가지. 그 길을 계속 가는 것은 매우 힘든 일이야. 이해받지 못하고 눈물과 고통을 감수해야만 해."

'신부님은 그의 마음속에 두려움을 심어주려고 해. 내가 그를 편안하게 해주어야만 해.'

나는 그에게 말했다.

"그 길은 고통의 길이 아냐. 영예로운 섬김의 길이지."

"대부분의 사람들은 여전히 사랑을 믿지 못하고 있어."

그는 나에게 아직 말하지 못한 뭔가를 얘기하고 싶어하는 것 같았다. 그를 돕겠다는 생각에, 나는 그의 말을 자르고 끼어들었다.

"나 역시 그걸 꿈꿔. 피레네 산맥의 가장 높은 산 정상을 오른 최초의 사람은 위험을 감수하지 않으면 은총이 없다는 것을 느꼈을 거야."

"네가 은총을 아니?"

그는 다시 긴장하고 있었다. 그는 말을 이었다.

"여신의 이름 가운데 하나가 은총이 가득하신 마리아라는 이름이지. 그리고 그분의 너그러운 손길은 그걸 받아들일 줄 아는 사람들에게 커다란 은총을 내려주시지. 우리는 결코 다른 사람들의 삶을 심판할 수 없어. 모든 사람들은 다만 자신의 고통과 절망만을 알기 때문이지. 네가 옳은 길을 가고 있다고 느끼는 것과 네 길이 유일한 길이라고 생각하는 것은 다른 일이야. 예수님께서는 말씀하셨어. '내 아버지의 집에는 있을 곳이 많다.' 은사는 은총이야. 하지만 존귀한 삶을 사는 것, 이웃을 위한 사랑의 삶을 사는 것, 노동하는 삶을 사는 방법을 아는 것 또한 커다란 은총이지. 마리아께서는 이 지상에 남편이 있었어. 그는 이름 없는 일의 가치를 증명하고자 했던 사람이었지. 널리 알려지지 않았지만, 아내와 아들에게 몸을 누일 안식처와 허기를 채울 양식을 만들어준 것은 그 사람이었어. 아내와 아들이 자신들의 맡은 바를 다할 수 있도록 허락해준 사람이기도 하고. 비록 아무도 그를 칭찬하지는 않았지만, 그가 한 일은 그들의 것만큼이나 중요했어."

나는 아무 말도 하지 않았다. 그는 내 손을 잡았다.

"나의 조급함을 용서해줘."

나는 아무 말 없이 그의 손에 입을 맞추고 뺨을 가져다댔다.

"내가 설명하려고 했던 게 바로 이거야."

그가 다시 미소를 지으며 말했다.

"너를 다시 만난 뒤로 나는 나 자신에게 이야기했어. 내 사명 때문에 너를 고통스럽게 만들 수 없다고."

나는 불안해지기 시작했다.

"어제, 난 거짓말을 했어. 네게 한 처음이자 마지막 거짓말이 되겠지. 어제 나는 수도원으로 가지 않았어. 산으로 올라가 여신과 대화를 나눴지. 나는 그분께 말했어. 만일 그분이 원하신다면 널 떠나서 내 길을 계속 가겠노라고. 병든 자들이 모여 있는 문으로, 한밤중에 사람들이 나를 찾아오는 곳으로, 신앙을 부정하는 사람들의 몰이해 속으로, 사랑은 구원이라는 사실을 믿지 못하는 사람들의 냉소적인 시선 속으로 돌아가리라고. 만일 그분께서 내가 그리 하길 원하신다면, 나는 이 세상에서 가장 간절하게 소망하는 것을 포기하겠노라고 말했어. 너를 말야."

나는 다시 한번 신부님을 떠올렸다. 그가 옳았다. 그날 아침에 그는 선택을 하고 있던 중이었다. 그가 말을 이었다.

"그러나 만일 이 잔을 내게서 거둘 수만 있다면, 나는 너에 대한 내 사랑을 통해서 이 세상에 봉사하겠노라고 약속했어."

"지금 뭐라고 했어?"

더럭 겁이 난 내가 되물었다.

그러나 그는 내 말을 듣고 있지 않는 것 같았다.

"신앙을 증명하기 위해서 산을 움직일 필요는 없어. 나는 다른 사람과 나누지 않고 혼자서 고통과 마주할 준비가 되어 있었어. 만일 내가 계속해서 내가 가던 길을 따라간다면 우리는 결코 하얀 커튼이 걸린, 산이 보이는 우리집을 가질 수 없을 거야."

"그 집 얘기는 듣기 싫어! 나는 그 안으로 한 발짝도 들어가고 싶지 않아."

나는 소리지르지 않으려고 애쓰면서 말했다.

"내가 원하는 건, 너와 함께 가는 것, 네가 싸우는 동안 네 곁에 있는 것, 모든 이에 앞서 모험하는 사람들 중 하나가 되는 거라구. 알겠니? 너는 내게 신앙을 되돌려줬잖아!"

해가 기울어져 햇빛이 동굴 벽 위에 비쳤다. 그러나 조금 전까지 찬란했던 모든 아름다움은 그 의미를 잃기 시작했다.

신은 천국 안에 지옥의 불길을 숨겨두셨다.

"그만 해."

그가 말했다. 나는 간절히 이해를 구하는 그의 눈빛을 보았다.

"넌 아직까지 그 위험이 뭔지 몰라."

"하지만 너는 그 위험들을 기꺼이 받아들이려고 했잖아!"

"지금도 기꺼이 받아들이려고 해. 하지만 그건 *내 몫이야.*"

나는 그의 말을 중단시키고 싶었다. 하지만 그는 듣고 있지 않았다.

"그래서 어제, 나는 성모님의 기적을 갈구했어. 그분에게 내 은사를 거두어달라고 빌었어."

나는 내 귀를 믿을 수가 없었다.

"난 약간의 돈도 있고, 여행을 다니는 동안 다양한 경험도 쌓았어. 집 한 채는 살 수 있을 거야. 난 직장을 얻을 테고, 성모 마리아의 남편 요셉처럼 익명으로 남아 겸손하게 하느님을 섬길 수 있을 거야. 믿음을 지키기 위해 더이상의 기적은 내게 필요치 않아. 내게 필요한 건 너야."

다리에서 힘이 빠져나가기 시작했고 까무러칠 것 같았다.

"내가 성모님께 내 은사를 거두어가달라고 비는 순간, 어떤 목소리가 내게 말했어. '네 손을 대지 위에 얹어라. 네 은사가 너에게서 빠져나가 다시 어머니의 품으로 돌아가리라.'"

나는 공포에 질렸다.

"어떻게, 그럴 수가……."

"사실이야. 나는 성령의 명을 따랐어. 안개가 걷히면서 태양이 산 위로 모습을 드러냈지. 성모님의 이해를 느낄 수 있었어. 그분 역시 위대한 사랑을 하셨으니까."

"하지만 그분은 사랑하는 아들을 따랐어! 그분은 아들과 함께 기길 받아들였단 말야!"

"우리는 그분만큼 강한 힘을 갖고 있지 않아, 필라. 내 은사는 누군가 다른 사람에게 전해질 거야. 그것은 결코 사라지지 않아.

어젯밤 그 카페에서 난 바르셀로나에 전화를 걸어서 강연회를 취소했어. 사라고사로 가자. 네가 그곳에서 웬만큼 자리를 잡았으니까, 우리 둘이 새로 시작하는 것도 어렵지 않을 거야. 일자리도 금방 구할게."

나는 더이상 아무 생각도 할 수가 없었다.

"필라!"

그러나 나는 이미 터널을 거슬러올라가고 있었다. 이번에는 어깨를 기댈 친구 없이. 나는 죽어가고 있는 수많은 병자들과 고통받고 있는 가족들, 행해지지 않을 기적과, 더는 세상을 아름답게 하지 않을 미소, 그리고 여전히 같은 자리에 남아 있는 산들에게 쫓기고 있었다.

오직 어둠뿐. 내 눈엔 아무것도 보이지 않았다.

1993년 12월 10일, 금요일

 피에트라 강가에 앉아 나는 울었다. 나는 그날 밤에 정확히 무슨 일이 있었는지 기억나지 않는다. 내가 거의 죽을 뻔했다는 것은 안다. 하지만 그의 얼굴이 어땠는지, 내가 어떤 지경에까지 갔는지 아무것도 기억나지 않는다. 그 모든 것들을 기억할 수 있다면, 그래서 그날 밤의 기억을 마음속에서 몰아낼 수 있다면 좋겠다. 하지만 그럴 수가 없다. 나는 어두운 터널을 빠져나왔고 이미 세상에는 어둠이 내려앉았다. 모든 것이 꿈만 같았다.

 하늘에는 별 한 점 없었다. 아마도 차까지 걸어가서 짐가방을 꺼낸 뒤 무작정 헤매고 다녔던 것 같다. 사라고사까지 차를 얻어 타고 싶었지만 여의치 않았다. 결국 나는 수도원의 정원으로 돌아갔다.

온 세상이 물소리로 가득했다. 사방에 폭포가 있었다. 내가 걷는 곳이면 어디든지 따라오는 성모님의 존재를 느꼈다. 그랬다, 그분은 세상을 사랑하셨다. 그녀는 하느님이 그렇게 하셨듯이 세상을 사랑하셨다. 왜냐하면 그녀 역시 인간의 구원을 위하여 아들이 희생당하도록 내어주었으니까. 그런데 그녀는 한 여인이 한 남자에게 느끼는 사랑은 이해했던 것일까?

어쩌면 그녀는 사랑 때문에 고통받았는지도 모른다. 하지만 그것은 다른 종류의 사랑이었다. 그녀의 주인인 하느님은 모든 것을 알고 기적을 행했다. 지상에서의 그녀의 남편은 꿈이 자신에게 알려준 모든 것을 믿는 겸손한 노동자였다. 그녀는 결코 한 남자를 버리거나 혹은 누군가에 의해 버림받는 것이 어떤 것인지 알지 못했다. 그녀의 임신 사실을 안 요셉이 갈등하고 있을 때, 천국에 계신 그녀의 주인은 즉시 천사를 한 명 보내서 집에서 내쫓지 말라 이르셨다.

그녀의 아들은 그녀를 떠났다. 하지만 자식들이란 늘 부모를 떠나게 마련이다. 다가올 사랑으로 고통받는 것은 견디기 쉽다. 세상에 대한 사랑으로 고통받는 것도 견디기 쉽다. 자식에 대한 사랑으로 고통받는 것 역시 마찬가지다. 이 고통은 삶의 일부이다. 그것은 고귀하고 숭고한 사랑이다. 어떤 명분이나 소명에 대한 사랑으로 고통받는 것은 견디기 쉽다. 그 사랑은 고통받는 자의 마음을 성숙하게 한다.

하지만 한 남자 때문에 고통받는 것을 어떻게 설명할 수 있을까? 이것은 설명이 불가능하다. 그런 고통 속에서 우리는 지옥을 경험한다. 그곳에는 아무런 고귀함도 위대함도 없이 오직 비참함만 있을 뿐이다.

그날 밤 나는 얼어붙은 땅 위에서 잠을 잤다. 추위가 감각을 마비시켜버렸다. 한순간 나는 뭔가 덮지 않으면 죽을지도 모르겠다고 생각했다. 하지만 어디서 덮을 것을 찾을 수 있단 말인가? 고작 일 주일 만에 내 생의 가장 중요한 모든 것이 그토록 후하게 주어졌다가, 단 몇 분 만에 그 모든 것이 사라져버렸다. 나에게 한마디 말을 꺼낼 기회조차 주지 않고서.

몸은 추위로 떨렸지만 상관없었다. 몸을 덥게 하려 애쓰는 내 몸의 에너지가 모두 소진되어버리면 더이상 떨리지도 않겠지. 그리고 익숙한 평온이 찾아올 테고, 죽음이 나를 품에 안을 것이다.

나는 한 시간 이상 덜덜 떨었다. 그리고 나서 평화가 찾아왔다.

눈을 감기 전에, 나는 엄마의 목소리를 들었다. 그녀는 내가 어렸을 때 종종 들려주었던 이야기를 하고 있었다. 그때 나는 그 이야기가 어느 날엔가 내 이야기가 될 거라는 사실을 알지 못했었다.

"한 청년과 한 아가씨가 열렬히 사랑했단다."

엄마의 목소리는 이야기했다. 꿈인 것 같기도 하고 환청인 것 같기도 했다.

"그들은 약혼하기로 했어. 그러려면 선물을 주고받아야 했지. 그런데 청년은 가난했어. 그가 가진 것들 중에 유일하게 값나가는 것은 할아버지로부터 물려받은 시계였단다. 연인의 아름다운 머리칼을 생각하면서 청년은 시계를 팔기로 했지. 그리고 그녀에게 은으로 만든 빗을 사주기로 했어.

아가씨 역시 청년에게 약혼 선물을 해줄 돈이 한푼도 없었지. 그녀는 시내의 제일 큰 상점에 가서 자신의 머리카락을 잘라 팔았지. 그 돈으로 그녀는 연인에게 줄 금으로 만든 시계줄을 샀단다.

그들이 약혼식 날 만났을 때, 아가씨는 청년에게 그가 팔아버린 시계를 위해 시계줄을 건넸고, 청년은 잘린 아가씨의 머리칼을 위해 빗을 건넸단다."

한 사내가 나를 흔들었다. 그 바람에 나는 잠에서 깨어났다.

"이걸 마셔요!" 그는 소리치고 있었다. "빨리 들이켜요!"

나는 무슨 일이 일어나고 있는지 알지 못했고 저항할 힘도 없었다. 그는 내 입을 벌리고는 억지로 어떤 액체를 흘려넣었다. 액체가 넘어가자 목이 화끈거렸다. 그는 셔츠 차림이었다. 그는 겉옷을 벗어 나를 덮어준 것이었다.

"좀더 마셔요!"

그가 다시 말했다.

뭘 하고 있는지도 모른 채 나는 시키는 대로 따랐다. 그리고는 눈을 감았다.

다시 깨어났을 때, 나는 수도원에 누워 있었다. 한 여인이 나를 돌보고 있었다.

"아가씨, 죽을 뻔했어요. 경비원이 아니었더라면 아가씬 지금쯤 여기 없었을 거예요."

나는 비틀거리며 일어나 앉았다. 지난밤의 일부가 기억에서 되살아났다. 경비원이 내가 있는 곳을 지나지 않았더라면 좋았을 것을. 하지만 분명한 것은 죽음의 시간이 지나갔다는 사실이다. 나는 여전히 살아 있었다.

여인은 나를 부엌으로 데려가 커피와 비스킷 그리고 파이를 주었다. 그녀는 아무것도 묻지 않았고 나 역시 아무 얘기도 하지 않았다. 식사를 마치자, 그녀는 내게 가방을 돌려주었다.

"전부 그대로 있는지 확인해보세요."

"그대로겠지요. 사실 전 가진 게 없어요."

"아가씨에겐 아가씨의 삶이 있어요. 기나긴 삶이. 그걸 좀더 잘 간직하도록 해요."

"이 근처에 교회가 있는 마을이 있지요."

눈물을 참으며 내가 말했다.

"어제 여기 오기 전에, 그 교회에 들어갔죠. 어렸을 적 친구와 함께……."

그러나 그에 대해서는 자세히 설명할 수 없었다.

"……이 근처 교회들은 거의 대부분 둘러본 후였죠. 종이 울리고 있었고, 그는 그게 우리가 안으로 들어가야 한다는 걸 알리는 징조라고 했어요."

여인은 내 컵에 커피를 채워주고는 자신의 컵에도 부었다. 그리곤 내 이야기를 듣기 위해 자리에 앉았다.

"우리는 안으로 들어갔어요. 그곳에는 아무도 없었고 어둠만이 깃들여 있었죠. 전 징조가 뭔지 알아내려고 했지만, 그저 똑같이 생긴 오래된 제단과 똑같이 생긴 오래된 성상만 볼 수 있었어요. 그런데 갑자기 우리 위층에서 움직이는 소리가 들렸어요. 거기 오르간이 있었죠. 한 무리의 소년들이었어요. 그애들은 각자의 악기를 조율하기 시작했어요. 우리는 다시 길을 떠나기 전에 잠시 음악을 듣기로 하고 자리에 앉았죠. 금세 한 남자가 와서 우리 곁에 앉았어요. 그는 행복해 보였고 소년들에게 파소도블레*를 연주하라고 소리쳤어요."

"투우 음악이라니!"

여인이 소리쳤다.

"아이들이 그걸 연주하지 않았길 바래요."

"연주하지 않았어요. 아이들은 웃으면서 대신 플라멩코 분위기의 노래를 연주했지요. 내 친구와 나는 천국이 우리에게 내려오고 있는 듯한 느낌을 받았어요. 교회와 기분 좋은 빛과 음악소리, 그리고 우리 옆에 앉은 사내의 유쾌함. 그 모든 것이 기적이었죠. 그러다 조금씩 조금씩 사람들이 많아지기 시작했어요. 소년들은 여전히 플라멩코를 연주했고, 교회 안에 들어온 사람들은 연주자들의 흥취에 동화되었죠. 내 친구가 이제 막 시작될 미사에 참례하고 싶은지 물었어요. 나는 아니라고 대답했죠. 우리는 먼길을 가야 했거든요. 그래서 우리는 그곳을 떠나기로 하고, 아름다운 순간을 만들어주시는 하느님께 감사를 드렸어요. 문 근처에 다다랐을 때, 많은 사람들이, 정말 많았어요, 그 촌락의 주민들이 다 나온 것 같았죠, 교회 안으로 흘러들어왔어요. 저는 그곳이 스페

---

* 투우장에서 흔히 사용되는 행진곡.

인에서 가톨릭 전통이 완전하게 살아 있는 마지막 마을일 거라고 확신했어요. 그곳에서의 미사는 뭐랄까, 활력이 넘쳤거든요. 차에 올랐을 때, 어떤 행렬이 다가오는 것을 보았어요. 사람들은 관을 메고 있었어요. 장례식이었던 거예요. 행렬이 교회 문 앞에 도착하자마자, 연주자들은 플라멩코 음악을 멈추고 장송곡을 연주하기 시작했죠."

"하느님, 그 영혼에게 자비를 베푸소서."

여인은 성호를 그으며 말했다.

"하느님께서 그 영혼에게 자비를 베풀어주실 거예요."

나는 그녀를 따라 성호를 그으며 말했다.

"하지만 우리가 그 교회 안으로 들어간 것은 정말로 하나의 징조였어요. 모든 이야기는 슬픈 결말로 맺어진다는 징조요."

여인은 나를 쳐다보더니 아무 말도 하지 않았다. 그리곤 방을 나가더니 금방 종이와 연필을 가지고 돌아왔다.

"이리 와봐요."

우리는 함께 밖으로 나왔다. 해가 떠오르고 있었다.

"숨을 깊이 들이마셔봐요."

그녀가 말했다.

"새로운 아침을 맞이해봐요. 가슴 깊숙이 파고 들어간 새로운 공기가 혈관을 타고 흐르도록 하세요. 내가 보기에 아가씨의 기억상실은 우연이 아닌 듯해요."

나는 대꾸하지 않았다. 그녀는 계속했다.

"아가씨 자신은 아가씨가 내게 해준 이야기도, 그 의미도 제대로 이해하지 못하고 있어요. 이야기의 맨 마지막의 슬픔만 기억하고, 그 이야기가 진행되는 동안 겪었던 행복한 순간들은 잊어버린 거예요. 천국이 아가씨에게로 내려왔을 때의 느낌을 잊었고, 그 모든 것을 경험하는 것이 얼마나 좋은 일이었던가를 잊은 거죠."

여인은 말을 멈추고는 미소를 지었다.

"아가씨의 어렸을 적 친구와 함께 경험했던 것 말예요."

그렇게 말하며 그녀는 은밀한 미소를 지어 보였다.

"예수님께서 말씀하셨죠. '*죽은 자들의 장례는 죽은 자들에게 맡겨두어라.*' 그분께서는 죽음이란 존재하지 않는다는 것을 알고 계셨거든요. 삶은 우리가 태어나기 전에도 존재했고, 우리가 이 세상을 떠난 후에도 여전히 존재할 거예요."

내 눈은 눈물로 가득 찼다.

"사랑도 마찬가지죠."

그녀는 말을 이었다.

"사랑은 이전에도 존재했고 앞으로도 영원히 계속될 거예요."

"당신은 내 삶을 이해하는 것 같군요."

"모든 사랑 이야기에는 공통점이 있어요. 나 역시 한때 같은 경험을 했죠. 하지만 그 경험들이 기억나지 않아요. 나는 다른 사람의 모습으로, 새로운 희망의 모습으로, 새로운 꿈의 모습으로, 사랑이 다시 온다는 것을 기억하고 있지요."

여인은 내게 연필과 종이를 쥐어주었다.

"아가씨 마음속의 모든 것들을 적어봐요. 그걸 영혼으로부터 끄집어내어 종이 위에 놓는 거예요. 그리고 던져버려요. 이곳 피에트라 강은 너무나 차가워서 그 속에 빠진 모든 것들, 나뭇잎이며 벌레, 새의 깃털 같은 것들이 모두 돌로 변해버린다는 전설이 있어요. 강물 속에 아가씨의 고통을 던져넣는 것도 좋은 생각일 것 같지 않아요?"

나는 종이를 집어들었다. 여인은 내게 입을 맞추고는 원한다면 점심식사를 하러 오라고 말했다.

"잊지 말아요!"

여인은 걸어가면서 소리쳤다.

"사랑은 그 자리에 있어요. 변하는 것은 사람들이죠!"

나는 미소지었다. 그녀는 손을 흔들어 인사를 했다.

오랫동안 나는 강물을 바라보았다. 그리고 눈물이 나오지 않을 때까지 목놓아 울었다.

그리고 나는 쓰기 시작했다.

에필로그

나는 온종일 썼다. 다음날도, 그 다음날도. 매일 아침 나는 피에트라 강가로 갔다. 해가 떨어지면, 여인이 와서 나를 부축해 오래된 수도원의 방으로 데려갔다. 그녀는 내 빨래를 해주었고, 저녁을 차려주고, 일상적인 일들에 관해 잡담을 나누고는 나를 잠자리에 들게 했다.

글쓰기가 거의 다 끝나갈 무렵의 어느 날 아침, 자동차 소리가 들렸다. 마음이 설레고 가슴이 두근거렸지만 그걸 믿고 싶지 않았다. 나는 자유로움을 느꼈고, 세상으로 돌아가 다시 한번 세상의 일부가 될 준비가 되어 있었다. 최악의 상황은 지나갔지만, 여전히 회한은 남아 있었다. 그러나 내 마음은 알고 있었다. 쓰고 있는 글에서 눈을 떼지 않고도 나는 그의 존재를 느꼈고, 그의 발소리를 들었다.

"필라."

그가 옆에 앉으며 나를 불렀다.

나는 대꾸하지 않은 채 글쓰기에만 몰두했다. 하지만 정신을 집중할 수 없었다. 가슴은 두근거렸고, 그에게 다가가고 싶어 심장이 터질 것만 같았다. 하지만 그렇게 할 수는 없었다.

내가 글을 쓰고 있는 동안, 그는 거기에 앉아 강을 바라보았다. 아침나절이 그렇게 지나갔다. 단 한마디의 말도 없이. 내가 그를 사랑하고 있음을 한순간에 깨달았던 샘에서의 침묵하던 밤이 떠올랐다.

더이상 글을 쓸 수가 없어 손을 멈추었을 때, 그가 말을 꺼냈다.

"내가 동굴에서 나왔을 때, 날은 이미 어두웠어. 널 찾을 수 없어서 사라고사로 갔지. 거기서 또다시 소리아까지 갔고. 나는 널 찾아 사방을 헤맸어. 그리고는 너와 함께 했던 흔적들이나마 더 듣어보려고 피에트라 수도원으로 돌아왔어. 그런데 거기서 한 여인을 만났어. 그녀가 네가 있는 곳을 알려주었어. 네가 여기서 온종일 나를 기다리고 있다고 말해주었어."

내 두 눈에 눈물이 가득 고였다.

"네가 강가에 서 있으면, 나는 네 곁에 서 있을 거야. 네가 잠들면, 나는 네 문 앞에서 잠들 거야. 그리고 네가 멀리 떠나면, 난 네 발자국을 좇을 거야. 네가 사라져버리라고 말할 때까지. 그럼 난 떠나겠지. 하지만 죽는 날까지 널 사랑할 거야."

나는 더이상 눈물을 감출 수 없었다. 그도 역시 울고 있었다.

"네게 할말이 있어……."

"말하지 말고 이걸 읽어봐."

나는 그에게 내가 쓴 글을 건넸다.

오후 내내 나는 피에트라 강을 바라보고 있었다. 나를 돌봐주는 여인은 샌드위치와 포도주를 가져다주면서 날씨 이야기를 몇 마디하고는 금세 자리를 떴다. 몇 번이고 그는 읽기를 멈추고 고개를 들어 멍하니 지평선을 바라보며 깊은 생각에 잠기곤 했다.

나는 숲속을 거닐기로 하고 작은 폭포와 경사로를 따라 긴 산책을 했다. 해가 지고, 그를 남겨두고 온 강가로 나는 다시 돌아왔다.

"고마워."

그는 내게 원고를 돌려주며 말했다.

"날 용서해줘."

피에트라 강가에 앉아 나는 울었다.

"네 사랑이 나를 구하고 내 꿈을 돌려줬어."

그는 계속해서 말했다. 나는 아무 말도 하지 않았다.

"「시편」 137장 기억해?"

아무 생각도 떠오르지 않았다. 말하기가 두려웠다.

"*우리가 바빌론의 여러 강변 거기 앉아서······.*"

"그래, 그거 나도 알아."

아주 조금씩 기억이 되돌아오는 것을 느끼면서 나는 대답했다.

"그건 바빌론 유수에 관한 이야기잖아. 자신들이 진정으로 원하는 음악을 연주할 수 없어서 하프를 나무에 거는 사람들에 대한 이야기였어."

"하지만 「시편」의 작자 다윗은 꿈속에 보았던 땅에 대한 향수에 젖어 울부짖은 후에 스스로에게 이렇게 약속했지.

예루살렘아, 내가 너를 잊을진대
내 오른손이 그 재주를 잊을지로다
내가 예루살렘을 기억지 아니하거나
내가 너를 나의 제일 즐거워하는 것보다 지나치게 아니할진대
내 혀가 내 입천장에 붙을지로다.*"

나는 미소를 지었다.

---

* 「시편」 137장 5~6절.

"잊고 있었는데, 네 덕분에 다시 생각났어."

"네 은사가 되살아난 거니?"

내가 물었다.

"모르겠어. 하지만 하느님께선 언제나 내게 한번 더 기회를 주셨지. 이번엔 그분이 그 기회와 함께 너를 내게 주고 계셔. 그분께선 내 길을 찾도록 도와주실 거야."

"*우리의* 길이지."

"그래, 우리의 길."

그는 내 손을 잡아 일으키며 말했다.

"가서 네 물건을 가져오자. 꿈이란 무엇이든 하는 거야."

역자 후기

#1. 모든 사랑 이야기는 닮아 있다

스페인의 작은 산골마을에서 함께 자란 소년 소녀가 있었다. 그들은 서로 사랑했다. 그러나 남자는 세상을 배우기 위해 길을 떠났고, 여자는 뿌리를 내리기 위해 한 곳에 머물렀다.

십수 년 뒤에 그들은 다시 만났다. 그런데 그 동안 소년은 수도원에 머물면서 자신의 종교적 체험과 깨달음을 사람들에게 전하는 가톨릭 신학생이 되어 있었고, 소녀는 다른 모든 평범한 사람늘처럼 일상적 삶의 테두리 안에 포함되기 위해 애쓰고 있었다. 그리고 다시 만난 순간, 그들은 자신들이 아직까지도 서로를 사랑하고 있음을 발견한다.

그녀는 부정했다. 자신에게 아직도 사랑이 남아 있다는 사실을. 모든 것을 버리는, 혹은 모든 것을 감싸안는 사랑을 할 수 있으리라는 것을. 사랑에 전부를 맡길 수 있으리라는 것을.

그는 부정했다. 그녀를 사랑하면서도 계속해서 구도자의 길을 걸을 수 있으리라는 것을. 사랑이 충분히 깊어지면 삶은 양자택일이 아닌 제3의 길을 보여준다는 사실을.

그들은 답을 찾기 위해 길을 떠났지만 길이 끝나는 곳에 답은 없었다. 그리하여 마침내 그녀는 말한다. "모든 사랑 이야기는 닮아 있다."

#2. 왜 하필 사랑인가? 혹은 왜 또 사랑인가?

코엘료의 소설에는 언제나 영혼의 소리에 따라 자아를 찾아 나서는 사람들이 등장한다. 국내에 이미 번역 소개된 그의 대표작 『연금술사』의 산티아고는 '길'을 통해서, 『베로니카, 죽기로 결심하다』의 베로니카는 '생명성'을 통해서 자아를 발견한다. 그런데 이번에 작가는 '사랑'을 선택했다.

우선은 불을 놓는다. 바싹 마른 가을 들판처럼 메마른 영혼에 떨어진 불씨는 삽시간에 사방으로 번져나간다. 그리고 곧 걷잡을 수 없는 불길이 되어 모든 걸 남김없이 태워버린다. 사랑의 불에 의해 '나'는 완전히 붕괴되고 해체되어 소멸한다.

그러고 나서는 물이다. 맹렬한 불길에 무방비로 내맡겨졌던 건조한 영혼 위로 엄청난 언어의 장대비가 쏟아진다. 물은 빈 들판에 남은 열기를 식히고 묵은 재를 씻어내어, 결국은 대지를 가장 신선한 잉태의 처소로 변화시킨다.

바로 그때, 한 목소리가 울린다. 난생 처음 들어보는 목소리, 바로 자기 자신의 목소리다. 목소리는 말한다. "사랑하는 순간에는 누구나 기적을 행하는 자가 된다."

아하, 그거였군! 뭔가 깨달음 비슷한 것이 온다. 한바탕 씻김굿을 벌인 듯 후련한 기분이 든다. 하지만 여기가 끝은 아니다. 진짜 기적은 이제부터 시작된다. 그러니까 진짜 사랑 말이다.

#3. 사랑하는 신

합리주의와 이성주의에서 발원한 서구 문화는 초자연적이고 비과학적인 현상들, 이성의 영역 밖에 있는 행위들을 쉽게 용인하지 못한다. 설령 그것이 인간이 아닌 신에 관련된 것이라 해도 마찬가지다. 동양의 종교적 성정이 거의 언제나 '귀신'이나 '영' 또는 '영적인 것'들에 기대 있는 것과는 구별된다.

한편, 코엘료의 작품에는 늘 신이 등장한다. 아주 구체적으로는 가톨릭의 신이다. 그런데 그가 '신'을 말할 때는 어딘지 순정하지 않다는 인상을 풍긴다. 신이 등장하는데도 왠지 신성모독적이라는 생각이 드는 것이다. 곰곰이 그 이유를 생각해보니, 그가 수시로 '기적'에 대해 말하고 있기 때문이었다.

『피에트라……』에서 그는 이전 작품들에 비해 보다 노골적이고 대담한 목소리로 '기적'을 설파한다. 그는 우리가 말로 설명할 수는 없지만 실제로는 늘 벌어지는 기적, 그 사소한 나날의 기적들을 보여주면서, 심지어 이렇게 선언한다. "기적을 행하는 자는 신이 아니라 인간이다"라고. 다분히 반항적이고 이단적인 태도가 아닐 수 없다. 그런데 신기하게도 『피에트라……』 역시 동서를 막론한 세계적 베스트셀러가 되었다. 물론 이건 기적이 아니다. 거기에는 다 그럴 만한 이유가 있다.

우선 그것이 '세계적인' 베스트셀러인 까닭은, 나와 다른 것에 대해 열려 있기 때문이다. 그는 열림과 받아들임을 통해서 가장 본질적인 종교, 즉 영혼의 구도를 수행하는 사람들에 관한 이야기를 한다. 그러니까 그가 말하는 신은 '그들만의 신'이 아니라 '우리 모두의 신'인 것이다. 그러니 누구라도 기꺼이 그가 이야기하는 신을 자신 안에 맞아들이고 싶어지지 않겠는가. 그럼 그것이 세계적인 '베스트셀러'인 까닭은? 짐작한 대로다. 그가 이야기하는 신이 독재자인 신이 아니라, 사랑하는 신이기 때문이다.

#4. 다시, 여기 씌어진 사랑

 사랑에 빠진 사람이 있다. 아주 심각하다. 처음엔 아니라고 한다. 세 시간을 봐도 이 분이면 잊을 수 있다고 확신한다. 자신을 통제할 수 있다고 믿는다, 믿고 싶어한다. 그런데 추측과 짐작과 예상과 기대와 바람 가운데 어느 하나도 맞아떨어지는 것이 없다. 그러다 불현듯 자신이 의심스러워진다. 의심하기 시작하면 벌써 일은 벌어진 것이다. 둑이 무너지는 건 한순간이다. 삽시간에 사랑이 세상을 점령한다. 어딜 봐도 온통 사랑뿐이다. 푹 잠긴다. 이젠 과도한 사랑이다. 그는 휘둘린다. 휘청거린다. 휘어진다. 슬프고 또 슬프다. 그러나 견딘다. 견디고 계속 살아낸다. 여전히 사랑한다. 얼마나 아름다운가. 이렇게 자신을 잃어가는 법을 배우고 또다시 자신을 되찾는 법을 배울 수 있다는 사실, 우리가 신이 아니라 사람이라는 사실은 거의 감동적이다.

이제야 비로소 맨 첫번째 문장, '모든 사랑 이야기는 닮아 있다'는 말이 완전한 의미로 다가온다. 그러니까 필라는 '사랑'은 언제나 '이야기'로만 존재한다는 말을 하고 싶었던 거로구나…… 왜냐하면 사랑하고 있는 순간에는 이야기는 불가능하며, 말은 늘 그 이전이나 이후에만 오니까.

그리하여 우리는 그녀를 통해 배우게 된다. 가장 절절한 사랑은 침묵 속에서 이루어진다는 사실을. 그리고 답은 새로운 길을 찾아나서는 행위, 그 자체라는 것을.

#5. 사랑하고 또 사랑하라, 쉬지 말고 사랑하라

길을 떠나는 사람의 뒷모습을 바라보면 늘 눈이 시리다. 비록 그가 오랫동안 꿈꾸어온 이상향을 향해 나아가는 중이라 해도. 아마 그가 길 위에서 겪게 될 고단함을 미리 짐작하고 두려워하며 먼저 아파하는 탓이리라. 그런데 삶은 생각 속에 있는 것이 아니라 언제나 그 현장에, 그 순간에, 그러니까 그 한가운데에 있다. 결국 슬픔조차도 몸으로 직접 겪는 것이 아니라면 의식의 유희에 불과하다. 그러므로 이제는 길을 떠나는 사람을 바라보며 눈시울을 붉히지 말아야겠다. 그건 그의 노정에 대한 예의가 아니므로.

대신 그와 더불어 떠날 용기를 내야겠다. 머물러 바라보지 말고, 함께 걸어주어야겠다.

 단순하면서도 아름다운 문장으로 말하기, 그것이 얼마나 어려운 일인지를 새삼 깨닫게 해준 작업이었다. 이제는 좀 자신이 붙었다고 말할 수 있으면 좋으련만, 이 글을 쓰는 순간에도 나는 여전히, 몹시 부끄러울 따름이다.

2003년 4월
이수은

지은이 **파울로 코엘료**
전 세계 170여 개국 82개 언어로 번역되어 2억 3천만 부가 넘는 판매를 기록한 우리 시대 가장 사랑받는 작가. 1986년 산티아고 데 콤포스텔라 순례에 감화되어 첫 작품 『순례자』를 썼고, 이듬해 자아의 연금술을 신비롭게 그려낸 『연금술사』로 세계적 작가의 반열에 올랐다. 이후 『베로니카, 죽기로 결심하다』 『11분』 『흐르는 강물처럼』 『브리다』 『알레프』 『아크라 문서』 『불륜』 『스파이』 『히피』 등 발표하는 작품마다 세계적으로 엄청난 반향을 불러일으켰다. 2009년 『연금술사』로 기네스북에 '한 권의 책이 가장 많은 언어로 번역된 작가'로 기록되었다.

옮긴이 **이수은**
이화여대 국문과를 졸업하고 동대학원에서 현대시로 문학석사학위를 받았다.

문학동네 세계문학
피에트라 강가에서 나는 울었네

1판 1쇄 2003년 5월 3일 | 1판 36쇄 2021년 6월 28일

지은이 파울로 코엘료 | 옮긴이 이수은
책임편집 김현정 조연주 장한맘 김지연
디자인 장병인 홍선화 | 저작권 김지영 이영은
마케팅 정민호 정진아 김혜연 정유선
홍보 김희숙 김상만 함유지 김현지 이소정 이미희 박지원
제작 강신은 김동욱 임현식 | 제작처 (주)상지사P&B

펴낸곳 (주)문학동네 | 펴낸이 염현숙
출판등록 1993년 10월 22일 제406-2003-000045호
주소 10881 경기도 파주시 회동길 210
전자우편 editor@munhak.com | 대표전화 031) 955-8888 | 팩스 031) 955-8855
문의전화 031) 955-8896(마케팅) 031) 955-2654(편집)
문학동네카페 http://cafe.naver.com/mhdn | 트위터 @munhakdongne
북클럽문학동네 http://bookclubmunhak.com

ISBN 89-8281-659-3 03890

잘못된 책은 구입하신 서점에서 교환해드립니다.
기타 교환 문의 031) 955-2661, 3580

www.munhak.com

자신의 생을 성취로 이끈 사람들,
치열한 열정으로 자신의 길을 개척한 이들이
청소년들에게 추천하는 책!

연금술사

연주여행을 가기 위해 비행기에서 긴 시간을 보낼 때면 이 책을 거듭 손에 잡게 된다. 성악가로서 세계를 떠돌다보니 왜 난 이렇게 집시처럼 떠돌아다녀야 하는지 생각을 많이 했다. 그런데 『연금술사』를 읽고 나서 인생은 자아를 발견하기 위한 영원한 여행이라는 생각에 위안을 얻게 됐다. 내가 찾아 헤매던 답을 찾아준 책이라고나 할까. **조수미** (성악가)

인생에서 진정 찾고자 하는 것은 무엇인지 차분히 생각해볼 기회를 주는 책. 주인공 산티아고의 여정을 통해 그동안 잊고 지내던 인생을 살아가는 진리를 다시 한번 되새기게 된다. **한완상** (전 대한적십자사 총재)

코엘료의 책을 잔뜩 쌓아두고 읽고 싶다. **빌 클린턴** (전 미국 대통령)

학창시절, 비겁했던 나의 여고시절에 이 책을 접했더라면 얼마나 좋았을까. **추상미** (영화배우)

『연금술사』를 읽으면 자기 앞에 놓인 빈 공간을 새로운 색깔들로 채워나가고 싶은 마음이 든다. **최윤영** (아나운서)

기막히게 멋진 영혼의 모험이다. **폴 진델** (퓰리처상 수상작가)

아름다운 문체, 결 고운 이야기, 마음을 움직이는 감동… 코엘료는 혼탁한 생의 현실 속에서도 참 자아를 지켜갈 수 있는 힘을 보여준다. **정진홍** (서울대 종교학과 명예교수)